Brujas

Brenda Lozano

Brujas

ALFAGUARA

El papel utilizado para la impresión de este libro ha sido fabricado a partir de madera procedente de bosques y plantaciones gestionadas con los más altos estándares ambientales, garantizando una explotación de los recursos sostenible con el medio ambiente y beneficiosa para las personas.

Penguin
Random House
Grupo Editorial

Brujas

Primera edición: febrero, 2020
Primera reimpresión: abril, 2023

D. R. © 2019, Brenda Lozano
c /o Agencia Literaria Carmen Balcells, S. A.
Diagonal 580, 08021, Barcelona

D. R. © 2023, derechos de edición mundiales en lengua castellana:
Penguin Random House Grupo Editorial, S. A. de C. V.
Blvd. Miguel de Cervantes Saavedra núm. 301, 1er piso,
colonia Granada, alcaldía Miguel Hidalgo, C. P. 11520,
Ciudad de México

penguinlibros.com

ISBN: 978-607-318-919-4

Impreso en México – *Printed in Mexico*

La mejor brujería es geometría
Para la mente del mago —
Sus actos cotidianos son proezas
Para el pensar humano.

Emily Dickinson

The Nameless is the origin of Heaven and Earth; the named is the mother of all things.

Tao Te King

1

Eran las seis de la tarde cuando vino Guadalupe a decirme mataron a Paloma. No me acuerdo de horas, no me acuerdo de años, no sé cuándo nací pues yo nací así como el cerro nace, pregúntele cuándo nació al cerro, pero sé que eran las seis cuando vino Guadalupe a decirme mataron a Paloma cuando se arreglaba para salir, la miré en el cuarto, miré su cuerpo en el piso y sus resplandores de los ojos ahí los tenía en las manos y en el espejo se veían dos y las dos tenían los resplandores en las manos como si acabara de ponerse los resplandores en los ojos, como si Paloma se hubiera podido levantar para darme los resplandores.

Paloma había amado a varios hombres que no la querían, había amado a varios hombres que sí la querían y ahí estuvieron muchos hombres en el velorio que fue como una vela. Mi hermana Francisca y yo teníamos a Paloma de parte de mi papá, lo único que teníamos de su familia era a Paloma, hija de Gaspar, el hermano de mi papá también fallecido. Paloma era la única que traía en la sangre lo curandero de mi papá, lo curandero de mi abuelo, lo curandero de mi bisabuelo, ella fue quien me enseñó lo que sé, ella fue la que me dijo Feliciana eres curandera porque lo traes en la sangre. Ella me dijo esto se hace así, esto no se hace así, tú traes El Lenguaje, mi amor, ella fue la que me dijo Feliciana tú eres la curandera de El Lenguaje porque tuyo es El Libro. Paloma llegó a curar hartos hombres que no la querían y a hartos hombres que sí la querían les dijo su porvenir, curó hartas gentes y a otras les dijo su porvenir en las querencias florecidas o de alguna malquerencia que les marchitaba, las gentes la querían por eso, era buena dando consejos de amor, las gentes se reían con ella y la buscaban porque era buena dando consejos de amor.

La muerte llamó tres veces a Paloma. La primera vez la llamó cuando amó a un político, ahí la muerte le puso su huevo. La segunda vez la llamó cuando amó a un hombre malquerido, ahí la muerte le hizo trinos al oído con esa malquerencia. La tercera vez la muerte la llamó cuando amó a un hombre en la ciudad con una enfermedad aún no nacida pero a punto de nacer, y la muerte le cantó como el sol de lo claro que le venía la muerte a las seis de la tarde ese día que vino Guadalupe a decirme la mataron con los resplandores en las manos y la vi en el espejo dos veces y dos veces se veía demasiado viva si no fuera por la mancha de sangre que le crecía por debajo a Paloma. Pero qué terrible hora, me acuerdo qué terrible hora. Para mí eran las seis en todas partes del mundo de hoy, de ayer y de todos los tiempos, aunque en cada parte hay su reloj, su hora y su lengua, para mí en todas partes era la misma hora y para mí sólo había esta lengua y estas palabras eran las únicas porque Guadalupe me vino a decir mataron a Paloma. Eran las seis de la tarde en la sombra que hace el sol con la milpa ahí afuera, eran las seis en punto cuando se me fue El Lenguaje.

2

Tomé la nota sobre el asesinato de Paloma por la rabia que me da la violencia de género. Cada vez era menos tolerante a las noticias en torno a los feminicidios, violaciones y abusos, como a las bromas machistas que oía en la oficina. Reaccionaba ante situaciones y comentarios que ponían en desventaja a una mujer o a quien se identificara como tal y desde mi trinchera en el periódico quería hacer lo posible por hacer algo al respecto. Además, en este caso me interesaba conocer a Feliciana, me intrigaba mucho. Acepté la nota sin saber mucho aparte de lo conocido por todos: que es la famosa curandera de El Lenguaje, la curandera viva más conocida. Sabía que en sus ceremonias se valía de las palabras para curar milagrosamente y sabía que había historias de artistas, cineastas, escritores y músicos que habían viajado de todas partes del mundo para conocerla. Los profesores y lingüistas que habían ido a verla del extranjero a la sierra en San Felipe, sabía que había libros, películas, canciones y obras de arte que habían surgido de las visitas que le hacía la gente, no sabía exactamente cuáles, pero sabía que existían. Recibí una foto forense de Paloma tendida en el suelo en un charco de sangre al lado de una cama con una cobija con la figura de un pavorreal.

En un correo de dos líneas me decía mi compañero de trabajo que Paloma era familiar de Feliciana, que ella la había iniciado como curandera, pero no tenía más información.

Lo sobrenatural nunca me llamó, lo esotérico menos. Todas las formas de lucrar con las creencias me parecen un fraude. Nunca me he leído el tarot, nunca he buscado mi horóscopo en las revistas. Alguna vez alguien me explicó lo que era una carta astral, no logré concentrarme y en mis adentros me preguntaba más bien qué había llevado a esa persona a interesarse tanto en la astrología. Alguna vez alguien me preguntó qué signo era mi hijo de dos años, no supe qué contestar, ahí mismo esa persona lo buscó en su teléfono y así me enteré de que Félix es Libra. Alguna vez un hombre borracho en una plaza con una voz ronquísima nos dizque leyó la mano a mi hermana Leandra y a mí cuando éramos niñas. De eso sólo me acuerdo del aliento alcohólico del supuesto adivino con enormes gafas de sol cuadradas que escupía al hablar. Siempre he sido escéptica, pero algunos episodios con mi mamá y mi hermana me hacían cuestionarme los poderes de la intuición. Me preguntaba de dónde venía eso, cómo se podía explicar. Quería saber quién era la famosa curandera de El Lenguaje y quería, en la medida de lo posible, esclarecer el caso de Paloma, saber quién era ella. Me gustaría decir que el asesinato de Paloma me llevó a Feliciana, así comenzamos la entrevista, pero esta no es la historia de un crimen. Confieso que pensaba que yo iba a ayudar con mi nota periodística, pero quien recibió ayuda al acercarme a Feliciana fui yo, sin saber que me urgía y esto, todo lo que aquí está escrito, lo fui descubriendo por ella. Esta es la historia de quién es Feliciana y de quién fue Paloma. Quería conocerlas. Pronto entendí que debía conocer mejor a mi hermana Leandra, a mi mamá. A mí. Entendí que conocer bien a una mujer supone conocerse a una misma.

Antes de partir resolví algunas cosas en la oficina. Me puse de acuerdo con Manuel y con mi mamá. Él llevaría a Félix a la guardería antes del trabajo, mi mamá lo recogería, lo llevaría a su trabajo en la universidad, estaría el tiempo que fuera necesario con él, se lo llevaría a la casa hasta que Manuel pasara por él. Más o menos así nos organizamos durante los días que me fui a San Felipe. Todavía no tenía idea de lo que venía, no me imaginaba ni de cerca el poder de la presencia de Feliciana. Todavía no me había dado cuenta de que ella supo desde la primera noche que la entrevisté por qué estaba allí, acaso por eso comenzó a hacerme preguntas en espejo que me llevaron del escepticismo a las ceremonias con ella.

Lo primero que encontré en internet la tarde que tomé la nota de Paloma fueron imágenes de Feliciana con un famoso director de cine y una sesión de fotos de ella fumando, en blanco y negro, tomadas por un fotógrafo gringo muy conocido en los noventa. Encontré varias veces el mismo retrato de Feliciana con Prince vestido de blanco y su símbolo, una mezcla del femenino y masculino, colgando del cuello en una cadena; algunos escritores que he leído, varias fotos de ella con un banquero en Estados Unidos de apellido Tarsone, con mucho poder en Wall Street y su eminente esposa pediatra, encontré que ambos habían hecho mucho por dar a conocer a Feliciana en el mundo luego de que vieron el primer documental sobre su vida y sus ceremonias, y, en una foto entre el banquero y la pediatra, me pareció que Feliciana no debía medir más de 1.50, noté que era aún más baja cuando la conocí en persona. Pero no encontré más que una foto de Paloma entre un grupo de rock argentino —escuché ese *Unplugged* miles de veces cuando tenía trece años mientras ensayaba batería en el garaje que compartía con mi papá los sábados que armaba y desarmaba coches o electrodomésticos de los compañeros de su trabajo o el de mi mamá—, y en esa búsqueda me sorprendió encontrar que una canción en ese disco, que yo me había aprendido de memoria pensando que hablaba de un viaje espacial, estaba dedicada a ella. Busqué cuántos años tenía Feliciana, su fecha, su acta de nacimiento, algo sobre el lugar en el que nació, pero no encontré nada.

3

Yo no sé cuándo nací, no sé la fecha en la que llegué al mundo, pero fue un día del siglo pasado. Sé que mi mamá rondaba los trece años cuando yo nací y mi papá por ahí tenía los dieciséis, mi hermana Francisca nació unos años después y fuimos las únicas dos porque mi papá murió cuando mi hermana Francisca apenas caminaba y mi mamá ya no quiso conocer más hombres. A mi papá lo conocí poco, con el tiempo me enteré de que era muy trabajador, me enteré de que vendía cosecha de la milpa en el mercado del pueblo vecino y que de noche era curandero como mi abuelo y mi bisabuelo fueron curanderos. Paloma lo ayudaba a mi papá en las veladas. Con el tiempo también me enteré de que mi papá curó hartas gentes, y algunas de muchacha me buscaron para agradecerme por alguna cosa que les había curado mi papá, y otra vez alguien me agradeció de rodillas bendiciendo el nombre de mi abuelo por una neblina que le curó en los ojos.

Así como me dice de su mamá, yo de niña tenía harta intuición, Zoé. Algunas personas le preguntaban cosas a mi mamá y yo les respondía sin que me vieran y las personas se asustaban. Una vez a mi mamá la vino a ver un señor que se llamaba Fidencio que vendía tejamanil, triste estaba Fidencio, así

18

caído como tejamanil mojado por las lluvias estaba de caído él y mi mamá le servía frijoles y yo toqué el brazo de Fidencio, cerré los ojos y vi un perro blanco al lado de un monte, le dije el perro era así chico y vi un niño que estaba ahí yendo al monte y el perro seguía al niño. Fidencio se puso a llorar, me dijo tú cómo sabes, yo sólo le dije lo que vi cuando le toqué el brazo a Fidencio. De eso me acuerdo porque se puso a llorar Fidencio y se enojó. Ya de muchacha supe que yo era curandera porque lo traía en la sangre como Paloma, de ese lado, del lado de mi papá, de mi abuelo y de mi bisabuelo, yo eso lo traigo en la sangre, pero fue hasta que enviudé de Nicanor que supe este era mi camino. ¿Su esposo cómo se llama? Manuel. A mí Paloma me enseñó mi camino, mi papá me lo señaló, me lo pasó en la sangre, pero Paloma me lo enseñó. Yo no sé, pero debí de haber tenido veinte años cuando enviudé, o tal vez tenía ya pasados los veinte años y tenía ya mis tres hijos Aniceta, Apolonia y Aparicio, yo me hice cargo de ellos, de mi hermana Francisca, de mi mamá y luego de Paloma aunque no vivía con nosotros, vivía con José Guadalupe, su esposo, ella ya no podía curar a las gentes porque quiso las noches con él en vez de las veladas. Sí, tiene dos nombres, José Guadalupe me vino a decir mataron a Paloma a las seis de la tarde, eran las seis en punto cuando vino a decirme y yo lo sé porque esa es la única hora que tengo y a esa hora se me fue El Lenguaje.

Yo no conocí a mi abuelo ni a mi bisabuelo en persona, de mi papá tengo pocas memorias, pero ellos tres fueron quienes me recibieron cuando me inicié como curandera. A ellos, a mi abuelo y a mi bisabuelo que eran conocidos por curanderos no los conocí hasta ese día que me inicié, los vi en la velada en la que me inicié ya de viuda y en esa velada vi que mi nieto más chico, que también se llama Aparicio como mi hijo más chico, es el que se parece más a mi bisabuelo. Paloma dejó de ejercer de curandera cuando empezó a amar hombres, pero eso no se quita ni se deja, eso se trae, eso se despierta como perro en la noche con los ruidos livianos. Paloma me dijo Feliciana, mi amor, si no se puede ir de noches con los hombres y curar al mismo tiempo y el mundo igual se va a acabar yo me voy a perrear las noches, así dejó las veladas de un día al otro. Las gentes empezaron a ir con Tadeo el tuerto, allá cruzando las milpas y las siembras de caña, allá pasando el barranco y la neblina, las gentes ahí se iban con él a su choza hasta que yo me inicié, con él iban antes a que les hiciera cuentos tirándoles los granos de maíz a cambio de aguardiente, ahí se vinieron las gentes del pueblo, luego empezaron a venir de los pueblos vecinos, de las ciudades vinieron y hasta de otras lenguas vinieron.

Yo soy chamana, más fácil me dicen curandera, así me conocen. Unos bruja me dicen. Sí, hay una diferencia entre ser curandera y ser chamana, una curandera cura a las gentes con sus menjurjes y sus hierbas, y una chamana también, pero una chamana también puede curar las cosas que no son del cuerpo, puede curar las cosas que son de las hondas aguas, yo curo lo que han vivido las gentes en el pasado y, por eso, curo lo que viven en el presente.

Por eso a mí luego las gentes me dicen que les curo el futuro. Yo la miro y veo que la trajo Paloma, pero también la traen otros que ahí la trajeron de la mano. Paloma me dijo Feliciana, mi amor, chamana, curandera o bruja te queda chico porque tú tienes El Lenguaje, tú eres la curandera de El Lenguaje, tuyo es El Libro. Y también Paloma me dijo Feliciana, mi vida, curar a los hombres no siempre es necesario porque esos no siempre andan enfermos, pero los hombres siempre son necesarios y con esos me voy a curar yo lo muxe, mi amor.

4

La intuición de mi mamá me ha asustado tres veces al menos. La primera vez fue a los dieciséis años después de ir a casa de María, mi amiga con la que hice una banda de rock a los trece años, una banda sin futuro, a la que llamamos Fosforescente. Había llegado tarde a la casa, había estado fumando porros, no quería contarle. Estaba mintiendo hasta que mi mamá me dio algunos detalles de la sala en casa de María. Aunque me había llevado varias veces a esa casa para ensayar con la banda, nunca había entrado, y esa tarde que fumamos porros con unos amigos me quedé largo rato mirando un cuadro de flores que mi mamá me describió. Como si eso no hubiera sido suficiente para asustarme, me dijo la frase a la que había llegado luego de un largo tren de pensamiento, una frase que pensé pero no le dije a nadie y que me parecía una verdad oculta, una verdad importante como la invención de la rueda. En mi momento de iluminación pensé y anoté atrás de un ticket: "Todos somos diferentes". Escuché esas palabras en voz de mi mamá con mucha vergüenza y le pregunté cómo había adivinado eso.

La segunda vez fue a los veintitrés años, meses después de terminar de estudiar la carrera de

22

periodismo. Se cumplieron cuatro años de la muerte de mi papá y caí en una depresión sin darme cuenta de que estaba en un hoyo, pero había cosas a mi alrededor que me hacían de linterna. O al menos eso parecía. Estaba en mi segundo trabajo como asistente de un editor que me llamaba a cualquier hora, un sábado o un domingo para que investigara algo, para que redactara alguna nota o para que le descargara trabajo durante el fin de semana. Era un hombre de cuarenta y seis años, casado, neurótico, inseguro y machista. No me llamaba por mi nombre, me llamaba Niña. A ver Niña haz esto, a ver Niña haz lo otro. Así llegué a redactar algunas de las notas que publicaba bajo su nombre. Un modesto sueldo me permitía pagar la renta de un departamento pequeño, escribía en algunas publicaciones y aunque la suma total me quedaba justa, me sentía contenta viviendo en ese lugar. Un viernes salí de la oficina a la fiesta de una amiga de mi primer trabajo, me llamó Rogelio al celular, el primer hombre con el que salí después de mi primer novio. Rogelio llegó a la fiesta, me apartó para decirme que quería terminar porque le gustaba alguien más. Me desinfló el corazón, estaba borracha, pero me acuerdo nítidamente que aún enfrente de él me lastimó imaginármelo besándose con alguien más y me fui de la fiesta sin despedirme de nadie. Me acordé de Julián, mi primer novio con el que duré varios años y a quien aún no soltaba del todo, me acordé de una tontería que decía y que me hizo sonreír cuando iba con el corazón roto al coche que mi papá me había regalado a los dieciocho años, un coche que él había comprado vuelto nada y que había restaurado en sus tiempos libres en el garaje de la casa. Un Valiant 78 plateado que mantenerlo era como un tercer trabajo no remunerado, pero tenía en el tablero metálico un imán de Maggie Simpson que le había puesto cuando me lo regaló. Era una noche de verano y hacía calor. No sabía bien cuánto tiempo había pasado, pero había logrado salir sin despedirme de nadie. Estaba descompuesta la ventilación del coche, había llovido y para limpiar los vidrios empañados tenía una franela roja en la guantera. Recuerdo haber estado a punto de sacar el trapo para limpiar el vidrio en un semáforo y haber pensado por primera vez que podía suicidarme ahí, cruzar la avenida sin ver, con los vidrios empañados, y terminar todo de golpe. Ahora que digo la palabra suicidio me suena demasiado grande, lejana, cómica incluso, pero cuando se necesita desesperadamente una salida, una puerta, sea la que sea, da, sobre todo, paz saber que allí está, tal vez titilando, intermitente, el recordatorio de un escape. Da tranquilidad la sola idea de que existe la posibilidad de frenar todo en cualquier instante. Diría que la posibilidad de un final da fuerza ante la desolación. Estaba en ese hoyo desde hacía semanas, meses, mejor dicho. No llegué al fondo por terminar con Rogelio ni por la cantidad desbordada de trabajo que tenía sino que llegó como llegan los momentos importantes, de un segundo a otro, sin aviso, antes de cruzar un semáforo, un viernes por la noche después de un largo día de trabajo y después de una fiesta, medio borracha, en una noche calurosa luego de la lluvia. Algo empujó el vaso a punto de caer y ahí fue claro cuán oscuro era ese hoyo en el que estaba. Sentí una inmensa tristeza que no sabía de dónde venía y que parecía acrecentarse por el simple hecho de reconocerla. Ahora que lo veo a distancia, sé que el cruce de esa calle fue mi entrada a la vida adulta, una explosión contenida porque como Leandra le había dado una buena cantidad de problemas a mis papás, yo no me había dado cuenta de la pólvora acumulada. Empecé a llorar pensando que el suicidio podía ser una salida cuando sonó el teléfono, pensé que era Rogelio pero la voz de mi mamá me asustó: "¿Qué pasa, Zoé? Estaba a punto de dormirme y sentí que andabas mal, vente a dormir a la casa". Hice un enorme esfuerzo por no berrear, le dije que había cortado con Rogelio, quería salir rápido de la llamada y no tenerle que decir más en ese momento, pero era claro que no era eso, ese era apenas un síntoma. Detenida en el semáforo no pude ni quería decir más. Con el puño de la chamarra limpié un círculo en el vidrio empañado para orillarme. Me eché a llorar hasta que gané fuerzas para cruzar ese semáforo. Si hay tal cosa como un antes y un después, algo que separa la adolescencia de la vida adulta, para mí fue ese momento, después de esa llamada inesperada de mi mamá, la más desconcertante que he recibido. También la más oportuna.

La tercera vez fue hace tres años aproximadamente. Mi mamá al abrirme la puerta de su casa dijo: "Vaya, vaya, hijita, este embarazo te va a sentar de maravilla". Manuel y yo llevábamos tiempo sin cuidarnos. Al principio yo tenía muchas ganas de embarazarme y en nuestras conversaciones a veces me tensaba el tema, a veces me sentía relajada, pero como constante tenía claro que no quería forzarlo, quizás simplemente no sucedería, quizás la maternidad no era para mí y esa idea me empezó a dar tranquilidad. Llegó un punto en el que me era indiferente y quedé embarazada un mes en el que era poco probable que pasara. No había prueba de embarazo que pudiera probarlo aún y no me sentía físicamente distinta. Días después le llamé a mi mamá para decirle que la prueba había resultado positiva y me contestó muy serena que era un niño saludable.

A Leandra le ha pasado unas cuantas veces también. Una como la mía que también fue un salvavidas. A mi mamá le molesta que le llamemos bruja cuando nos referimos a estos episodios, se quita esa palabra de encima como si fuera un saco que no es de su talla ni es su estilo. Ella lo llama intuición, y esa es la palabra que usamos.

Mi mamá nunca quiso usar gafas como mi tía que de siempre tiene fondos de botella. Decía que era una máscara que no quería ponerse, no quería que los ojos se vieran enormes detrás de las gafas y parecer un perrito pidiendo desesperadamente que lo adoptaran en el refugio, así que le quitaron unas dioptrías de encima y me tocó llevarla a la clínica. La cuidé durante una noche, en alguna de sus desviaciones le pregunté por ese rasgo adivinatorio. Con los ojos vendados me dijo que la clarividencia como tal no existe, que es tan sólo certeza. Así como la certeza de que te estás quemando la mano en el fuego. Con esa seguridad ella había sentido en algunas, en muy pocas ocasiones que algo ocurría. Y ese fue su momento de mayor introspección al respecto.

5

Yo veo el porvenir de las gentes, veo claro su porvenir porque eso es El Lenguaje, porque a veces el pasado y el futuro se pasean en el presente en El Lenguaje, pero yo no veo el porvenir de las gentes porque lo busque, eso no se busca. En mi pueblo hay otros que ven el porvenir, Paloma lo podía ver también si se le paseaba, por eso las gentes le pedían sus consejos de amor, le contaban lo que les pasaba para que Paloma les dijera su porvenir en las querencias. Con eso se nace.

Yo nací en San Juan de los Lagos que es un pueblo con culpas, yo creo empezando porque ni lagos hay y así se llama, en San Juan de los Lagos con trabajos se hacen los charcos con las lluvias, el más grande se hacía ahí donde estaba el altar azul a la Virgen de Guadalupe, con trabajos acarreábamos agua del río, Paloma venía con Francisca y conmigo a acarrear el agua del río con nosotras, Paloma vivía con su mamá, pero en San Juan de los Lagos no había lagos, nada de agua se estancaba ahí, en San Juan de los Lagos ni las monedas se estancaban en la casa de nadie, había lluvias y por eso había milpas y siembra, pero si algo sobraba en el pueblo eran culpas hasta del nombre pues le digo no había lagos ni agua en San Juan de los Lagos, ya ve así hay mujeres que se llaman Soledad y Dolores y andan risas y risas con gentes siempre. Hartas culpas había en el pueblo donde nacimos, donde viera uno culpas había y sobresalía alguien como Paloma que no tenía culpas, y desde siempre fue así cuando acarreábamos el agua. Paloma era así porque nació de una familia de hombres curanderos, Paloma nació hombre, Paloma nació Gaspar, y una vez acarreando agua cuando era niño, mi hermana Francisca le dijo tú eres como nosotras, ya luego de muxe me dijo Feliciana, mi vida, ¿por qué sé que soy muxe desde niño? Como si me preguntaras por qué mis ojos son así de negros y bellos, con eso se nace y se nace con lo bruja. Paloma de Gaspar empezó de curandero con mi abuelo en sus veladas, así de niño lo ayudaba pues era su único nieto hombre. Yo a mi abuelo no lo conocí, y Paloma de Gaspar le ayudaba a mi papá en las veladas, eso sí supe, le ayudaba de muchacho, aunque no me acuerdo de eso Paloma me decía que sí estaba yo ahí de niña. Mi papá Felisberto no era un hombre con culpas y aunque uno no entienda por qué la rama sale del árbol como sale así la gente también hereda porque la sangre no da explicaciones, usted también tiene su hijo Félix, ellos heredan de todo aunque no conozcan a sus muertos. Mi hijo Aparicio me recuerda a su papá Nicanor, así hace caras, y se enoja así como se enojaba él, y no se conocieron casi, así también lo curandero se pasa por la sangre. Así también le pasa a usted con su papá fallecido y su hijo Félix, se seguirán pareciendo porque la sangre no da explicaciones, ya verá su crecimiento.

Paloma nació Gaspar y yo fui la primera mujer de mi familia que hace esto y yo tampoco nací con culpas ni me siento menos ni me siento más por lo que soy con todas las gentes que vienen del extranjero. Esto yo lo saqué de mi papá que era curandero y de mi mamá que no agachaba la cabeza, mi mamá así estaba con la frente en alto y trabajaba diario. Ella estaba arriba, no abajo, no estaba en medio, ella siempre estaba arriba, y aunque era callada como mi hermana Francisca, cuando enviudé me dijo tú arriba, hija, tú trabaja así como yo, como todas trabajamos harto, tú adelante como todas. Mi mamá perdió un hijo en los fríos del invierno, no tenía cómo taparlo de los inviernos y así lo perdió en sus brazos de los fríos que hacían en San Juan de los Lagos, mi hermana Francisca y yo no lo conocimos a mi hermano, mi mamá nunca nos quiso decir su nombre que sí tuvo mi hermano, ella no se agachaba, ella no se daba a las penas y si me decía el nombre de mi hermano fallecido le abría la herida del tamaño de la tumba blanca para ella roja en sus hondas aguas, ella no decía tuve un hijo que perdí en los fríos del invierno, por eso nunca me dijo su nombre, ella me decía las tuve a ti y a Francisca porque Dios así lo quiso, y mi mamá me decía cuando enviudé Feliciana no abajo, nunca en medio, tú arriba como yo, tú adelante, así me decía mi mamá que trabajaba duro y no se hundía en los pesares.

En San Juan de los Lagos había una calle principal enclenque con las costillas salidas como un perro al que todos conocíamos y yo creo que hasta nombre le pusimos a la calle principal como a un perro que se come las tortillas duras que la caridad de las gentes le aguaba en los charcos, esa calle por la que pasábamos diario y un montón de piedras con una virgen de Guadalupe a la que se le hacía un charco grande al pie del altar azul que era nuestro lugar de rezo porque no había iglesia en San Juan de los Lagos, había altar azul y el agua que se estancaba al pie del altar azul en San Juan de los Lagos y un palo alto del que colgaban mecates con flores de papel blanco haciendo el manto de la virgen en su altar. Para la iglesia había que ir a San Felipe, el pueblo de al lado adonde luego nos fuimos, ahora ya tiene más ciudad, yo digo que porque San Felipe, el santo, se dejó hacer de todo, no le cortaron hasta las orejas, de todo le hicieron, le digo, así pasa luego cuando le ponen a sus hijos como sus parientes, andan ahí repitiendo las cosas sin saber que les viene la maldad en el nombre, y así le digo, San Felipe se lo tragó la ciudad yo digo que por el nombre pues ahí donde antes vivía el Padre y había un mercado que se ponía los fines de semana alrededor de la única plaza con un kiosco de madera, ahí es adonde mi papá vendía la cosecha, ahí adonde yo iba con él. En San Felipe no había escuela, nadie había necesitado estudios ahí ni en los pueblos de alrededor, ya no diga en San Juan de los Lagos que era el pueblo más chico de la región, las familias y las casas se podían contar rápido, pero entre San Juan de los Lagos y San Felipe había seis pulquerías en las que también tenían aguardiente y cacahuates tatemados, y yo acompañaba a mi papá a comprar aguardiente y me compraba los cacahuates tatemados y ese es un buen recuerdo que tengo de él.

Tengo pocos recuerdos de mi papá, pero los pocos recuerdos que tengo son así como el sol le pega al monte, lo veo aquí a mi papá pidiendo su aguardiente en el botellón que cuidó como a su tercera hija que era ese botellón que se llevaba de San Juan de los Lagos a San Felipe y de regreso, lo cuidaba, lo lavaba con el agua que acarreábamos mi hermana Francisca, Paloma y yo, y lo tenía en buen lugar escurriendo en la sombra. A él le gustaba tomar el café endulzado de una olla de barro que sacaba vapores mansos, así como los perros amansados cuidan los terrenos y les ladran hasta a los tronidos de las lluvias, así se veía la olla grande de café con los vapores jugando mansos por la única ventana, y de a pocos se salía. Yo no me acuerdo de las veladas que hacía mi papá, pero me acuerdo de algunas cosas que tenía en un altar, las velas de cera pura de abejas que no blanqueaban ni pintaban de colores como le hacen en San Felipe para las festividades de muertos y las festividades de los cerros, como pintan las velas de rosa para la festividad del cerro que ve allá pasando la neblina. Yo no me acuerdo de las veladas de mi papá, pero sí me acuerdo que ya estaba enfermo después de que mi hermana Francisca empezó a caminar, y me acuerdo de su cara de susto cuando nos dimos cuenta de que su enfermedad no tenía remedio, yo estaba con él cuando se dio cuenta de que no tenía cura su enfermedad y ahora que se lo digo le veo la cara de susto que me hizo mi papá Felisberto cuando sintió el huevo que le puso la muerte.

Unos días antes de que falleciera yo lo acompañé a la milpa que trabajaba con sus manos pues no tenía yunta, no teníamos para las bestias, esa vez yo lo ayudé a juntar las hierbas malas y la hojarasca que estorbaba la buena siembra, mi papá formó un montículo de las hierbas malas y la hojarasca que me pidió que le ayudara a crecer y entre los dos lo hicimos grandote el montículo hasta que pareció montecito y mi papá le prendió fuego. El sol se metía en su monte y hacía que la noche resaltara el fuego de la hierba y el humo que subía alto, ahí nos quedamos mirando y oliendo la hierba y la hojarasca quemándose, y eso es lo que más me recuerda ese día con mi papá Felisberto, cuando huelo hierba y hojarasca quemándose me acuerdo de él ese día. Habían sido días de calor duro, duro, duro, el viento soplaba fuerte, fuerte como si se estrenara el viento y no supiera controlar sus fuerzas de bestia apenas nacida y las llamas del montículo de hierbas y hojarasca en la tierra sin retoño alcanzaron la milpa del vecino. Mi papá quemó el sembradío del vecino y ahí fue que mi papá se dio cuenta de que la tos que tenía no le iba a dar mucho tiempo de vida y se le comenzó a quemar la respiración hasta que la neumonía lo apagó como sólo la lluvia recia un alto fuego. Ya habíamos visto que una yunta se había muerto por comerse la cosecha de una milpa ajena, en el pueblo eso era mal agüero y yo le vi la cara de espanto cuando quemó el sembradío del vecino por los vientos que parecían estrenarse como una bestia apenas nacida que se llevaron las lenguas del fuego lejos hasta el sembradío del vecino y ahí aunque todavía no tosía sangre me dijo Feliciana me quedan pocos días y pocas noches. Y así se aparecieron unos pájaros negros que se fueron lejos de las lenguas del fuego, volaron como las gentes espantadas van unas por aquí, otras por allá, y así los pájaros negros volaron al mismo tiempo y se juntaron ahí arriba haciendo sus formas que tampoco se estaban quietas, así se apretaban los pájaros negros en el cielo azul como si el calor del fuego los apretara en bola tiesa y luego las lenguas del fuego los volvieran a dispersar en otras formas así como las nubes cambian sus formas cuando el viento sopla recio, así cambiaban de formas los pájaros y esa bola negra de pájaros que se fue haciendo chica y más apretada como puño que se cerraba porque se alejaban del fuego y parecía que las lenguas del fuego los alejaban de la muerte a los pájaros, pero no de la suya, sino la de mi papá que era la muerte que se venía.

Mi papá empezó a toser sangre esa noche, le contó a mi mamá que había quemado el sembradío del vecino por prender fuego al montículo de hierbas y hojarasca para la cosecha, y mi mamá le dijo eso es de mal agüero Felisberto, pero a mi papá la muerte ya le había puesto el huevo, ya tenía la enfermedad que le estaba esperando al final de sus días y sus noches, los pájaros negros le enseñaron el camino que lo llevaron y la quema del sembradío fue el fuego que le iluminó el camino a Dios. Antes de que yo me convirtiera en el humo que salió del fuego que fue mi papá de curandero, él ya sabía que ni los brujos ni los curanderos ni los sabios de la medicina podían sanarlo, así que por esos días que le quedaban caminó mi papá por los montes conmigo y me enseñó dónde nacían los hongos y hierbas que recogían él, mi abuelo, mi bisabuelo y Paloma que apenas aprendía las veladas de muchacho, y mi papá me dijo Feliciana aquí está El Libro, no fue nuestro pero es tuyo. Se te va a aparecer un día, me dijo. Entonces yo no entendí qué me decía mi papá. Ni él, ni mi abuelo ni mi bisabuelo ni Paloma ni mi mamá ni mi hermana Francisca ni yo sabemos leer ni escribir.

6

Antes de que salieran *Los Simpson* en México, mi papá hizo un viaje de trabajo a Texas. Me trajo una camiseta de Bart Simpson y a Leandra una de Lisa. Nos dijo que había visto unos capítulos, tenía la certeza de que sería una serie muy exitosa. Se van a acordar de mí, nos dijo, y no paramos de reír durante el primer episodio que vimos en la cocina de la casa en una televisión pequeña que generalmente estaba encendida. Esa fue la única premonición que hizo mi papá en su vida. *Guía para la vida* de Bart Simpson fue el primer libro que leí con gusto en una casa en la que nadie se interesaba por los libros. Yo tenía una idea aburrida de los libros y gracias a ese abrí otros. Esa vez que nos dio las camisetas nos dijo que Bart le había recordado a mí y Lisa a Leandra, aunque cuando vimos la serie en televisión, supimos, sin decirnos, que nos las había dado deliberadamente al revés.

Un fin de semana fuimos con él a comprar unas piezas para arreglar el coche de un amigo suyo, lo armaría y desarmaría. Separaba las piezas, las ordenaba, desordenaba y reordenaba y así vimos varios coches desarmados en el garaje de la casa, aunque quizás el suyo fue el que más veces vimos desarmado y vuelto a armar. Ese día que fuimos con él, lo vimos salir de su cuarto con una camiseta de Maggie Simpson, a diferencia de las camisetas de algodón blanco que nos había traído a Leandra y a mí con estampados al centro, la suya era más discreta, era un pequeño bordado en el pecho. Le preguntamos por qué no se había comprado una de Homero, y nos dijo que le había parecido un poco idiota. Esa tarde en el coche de vuelta a casa, después de comprar las piezas, nos puso a mi hermana y a mí a buscar sus lentes —que traía puestos— y al llegar nos dimos cuenta de que había olvidado las llaves, así que mi mamá había tenido que salir de casa de mi tía para abrirnos. Me acuerdo que Leandra dijo que ese era nuestro momento Simpson, pero cuando entré a la universidad, a los dieciocho años, me regaló el Valiant 78 que compró vuelto nada, lo desarmó, lo volvió a armar y lo restauró, y le puso un imán con la cara de Maggie Simpson en el tablero de metal. Claro, me dijo, cuando le pregunté por el imán, *Los Simpson* son nuestro escudo de armas.

Siempre me dan risa *Los Simpson*. Fueron nuestra educación sentimental, nuestro programa favorito y el libro de Bart Simpson me amigó con algo que tenía en un pésimo lugar. Leandra y yo varias veces comparamos situaciones con algún momento de *Los Simpson*. Muchas de nuestras referencias salían de esa serie. Cuatro años después de que murió mi papá, vi con Rogelio una película de los Simpson que pasaron en televisión, uno de los pocos planes en pareja que tuvimos en los meses que estuvimos juntos, y aunque la película me pareció mala en comparación con la serie, las apariciones de Maggie Simpson me dieron ternura y me acuerdo más de ese día por la ternura que me dio el imán que traía en el tablero del coche. Ese día extrañé mucho a mi papá. Me pareció que el imán que me había dejado mi papá en el tablero era un mensaje encriptado, uno que me tomaría tiempo descifrar, quizás hasta que conocí a Feliciana.

Mi papá se murió un sábado a las 2:13 de la tarde a los 45 años de un paro cardiaco. Realmente murió de un segundo paro cardiaco fulminante que le dio ya en el hospital, al que alcanzamos a llevarlo, luego del primero. Mi mamá quedó viuda a los 43 años con una hija de dieciséis años en el bachillerato abierto, otra de diecinueve que acababa de entrar a la carrera de periodismo, y un trabajo en la administración universitaria para sacar adelante los gastos que antes estaban repartidos entre los dos. Leandra empezó a trabajar como asistente de dentista y yo ya trabajaba como asistente de un editor en una redacción, en buena parte, alentada por mi mamá cuando iba en la preparatoria.

Mi papá no era un hombre de palabras, le gustaba decir que era un hombre de acciones. Cuando lo llamaba por teléfono teníamos llamadas más bien breves, funcionales. Mientras que con mi mamá podía pasarme una, dos horas hablando de nada, con mi papá casi siempre eran llamadas breves y prácticas. No recuerdo haber hablado más de diez minutos con él con un teléfono de por medio. Ocultaba sus sentimientos, no solía sonreír, no lloraba, en su lugar, parpadeaba rápidamente, y las pocas veces que lo vi vulnerable volteaba la situación y terminaba más bien enojado. Cuando se enojaba, no razonaba sino que estallaba en ira. Tenía razonamientos sin sentido que lo llevaban a decir cosas disparatadas que a veces nos daban terror a Leandra y a mí, pero la mayoría de las veces eran tan disparatadas que nosotras comentábamos, entre risas, de cama a cama individual en el cuarto que compartíamos, cómo mi papá se había salido de control, pero nunca nos atrevimos a reírnos frente a él cuando se enojaba. Perdía el control y estallaba. Cuando quería decirnos que nos quería, le costaba trabajo y por lo regular tenía que acompañarlo con algún regalo, una nota que nos dejaba como buscando un escondite para poder deslizar otra cosa. Sin embargo todos somos capaces de comunicarnos sin palabras y nunca me faltó hablar más con él. Pero entendí eso que llevaba a cuestas hasta hace muy poco.

Mi mamá es lo contrario. Habla con soltura y es fácil que tenga conversaciones largas con alguien en la calle, en la fila de una cafetería o donde sea. La cumbre de este lado suyo llegó una vez que una mujer se equivocó de número, llamó a la casa, y platicaron más de una hora al teléfono. Cuando colgó nos dijo: "Ay, era Raquel, una mujer que se equivocó de número y nos caímos muy bien". Supimos que ese había sido el clímax de su facilidad para hablar con quien fuera y el "era Raquel" se convirtió en un sello de este tipo de situaciones, una broma que hicimos varias veces con mi papá. Pero esa noche, cuando mi mamá pasó más de una hora por teléfono contándose la vida entera con alguien que se equivocó de teléfono, mi papá me dijo que ahí tenía una clase de periodismo.

Mi papá y mi tío, los únicos dos hijos que tuvieron mis abuelos paternos, se pelearon y se dejaron de hablar. Nunca supe bien por qué, pero un día nos llevaron a Leandra y a mí un McDonald's a conocer a mis primas. Me acuerdo de haber encontrado, desconcertada, un parecido físico con esas tres niñas escalonadas en edades cercanas a las nuestras. Y recuerdo pasar más tiempo mirando con asombro cómo se movían, cómo hablaban, cómo se reían como si hubiera llegado a una manada de la que era parte y recién conocía. Leandra hablaba con ellas como si se llevaran de toda la vida. Así conocimos a mis primas cuando mi papá restableció la comunicación con mi tío, aunque sobra decirlo, se comunicaban con pocas palabras. Ese era su estilo sobrio.

Mi mamá viene de una familia de seis hermanos y, aunque se lleva más con su hermana menor, su mejor amiga, en realidad, no la imagino retirándole la palabra a nadie como un castigo, pero como pasa con rasgos predominantes de la personalidad, su apertura tiene un filo doble, del mismo modo en que la forma de ser de mi papá más silenciosa tenía la otra cara de la moneda que lo hacía la persona más confiable, leal. Y quizás sea el rasgo predominante de la personalidad de Manuel. La fortaleza social de mi mamá en algunos momentos también era su debilidad en la casa, y estoy segura de que mucho contribuyó a la crisis que pasaron cuando éramos niñas en la que se separaron una temporada.

Mi mamá tenía que llegar al trabajo en la administración de la universidad. Tenía que dejarnos en la escuela porque el autobús nos había dejado. Tenía prisa, había tráfico, Leandra se había despertado tarde, despotricaba contra la escuela. En un semáforo mi mamá resolvió ponerse a platicar con un hombre en el coche de al lado, ventana a ventana, y ese hombre le dijo que trabajaba por nuestra escuela, que sin problemas podía dejarnos para que tomara la dirección contraria hacia su trabajo. Mi madre nos abrió la puerta trasera del auto del desconocido. Mi padre montó en cólera cuando se lo conté. Ahora que lo pienso, no me creo capaz de dejar a Félix en manos de un desconocido. La suerte quiso que ese hombre nos preguntara qué estábamos estudiando sin violarnos o filetearnos. Leandra citó de memoria algo que había leído; el hombre estaba impresionado, y se mostró interesado en saber qué materia le gustaba más. Mi hermana odiaba la escuela, pero esa vez se inventó que le encantaba la biología y dijo una serie de datos que cualquiera habría creído que amaba estudiar, y al llegar a la puerta, el hombre se bajó del auto, y cruzado de brazos, tal vez contento de haber aprendido algo en la perorata de mi hermana, esperó de pie hasta que las dos entramos a la escuela.

Esa fue la gota que derramó el vaso. Mis papás se separaron una temporada. Mi papá rentó un pequeño departamento cerca de su trabajo en el que me acuerdo había eco, pocos muebles y unas persianas azul marino que me parecían desoladoras cuando oscurecía porque proyectaban líneas en un espacio semi vacío. Los domingos por la noche, cuando mi papá prendía la luz que venía de una lámpara de papel blanco en forma de globo —con una estructura de aros metálicos que también se proyectaban en el piso como las persianas—, me parecía un teatro de sombras y el indicador de que tocaba volver a casa. Aunque me gustaba pasar tiempo con mi papá, algo no estaba bien y creo que el teatro de sombras del domingo por la noche fue donde deposité mi angustia. Resolvieron mandarnos a vivir a casa de mis abuelos maternos. Entonces con ellos vivía mi tía, la más joven de los hermanos, y nosotras dos. En esa época ese aspecto parlanchín de mi mamá llegó a otro lugar, uno que Leandra y yo hubiéramos preferido que no llegara.

Cuando nos iba a visitar después del trabajo o a veces por teléfono nos contaba los pormenores de las discusiones con mi papá. Nosotras no entendíamos bien qué pasaba entre ellos. Apenas rebasaban los treinta años, pero era claro que algo había explotado en su relación y ambos tenían un desastre emocional. Leandra y yo por nuestra parte también explotamos algunos rasgos que ya teníamos: yo me hice más introvertida y Leandra más contestataria. Ahora sé que pasamos poco más de un año en casa de mis abuelos, pero esa época pasó como una fila de años, uno igual de eterno que el otro.

Me acuerdo de una vez que mi mamá se quedó a dormir en ese cuarto que les había pertenecido a ella y a su hermana, con los mismos muebles de cuando ellas eran chicas, y durmió conmigo en la que había sido su cama. Me desperté sin notar que había llegado y la vi con un batón traslúcido buscando una cajetilla de cigarros en su bolsa. Entonces yo no sabía si íbamos o no a regresar a la casa, si ellos iban a volver o no, todo era incierto, sumada a una crisis económica que hundió al país y al peso. Por esa época a Leandra le empezó a ir mal en la escuela, no le gustaba bañarse, me acuerdo que mi tía batallaba con eso, pero terminaba negociando con ella. Leandra empezó a comer compulsivamente. Una tarde ella misma se cortó el pelo, y a pesar de que mi abuela la llevó a un salón de belleza para arreglarle el mal corte, había quedado muy corto y su cara se veía redonda como una galleta. Yo me acuerdo de haber pensado que si sólo una de las dos podía dar problema, la ficha ya la había tomado ella. En discusiones mi hermana rebatía a mis abuelos, y a mi tía la hería cuando quería. Sin pensarlo comencé a esforzarme por estudiar más, subir mis calificaciones, como una compensación a los problemas en los que estábamos enredados y a la actitud de mi hermana que traía tensión a la casa. Me enfrasqué en la escuela, pero no eran ganas de aprender ni de sobresalir, sino de pasar desapercibida en el conflicto. Ese sábado por la mañana mi mamá me dijo que la tarde anterior la habían llamado de la escuela para decirle que querían verlos a los dos porque yo terminaba los trabajos asignados para todo el día en unas horas, que tenía el promedio más alto de la clase y blablablá.

Y qué les dijiste, le pregunté a mi mamá con su batón traslúcido: "Que no esperaba menos de ti". Durante mucho tiempo esa frase de mi mamá me persiguió. No entendía por qué en medio de esa crisis no esperaba menos de mí. ¿Qué quería decir con eso? ¿Y qué era eso que esperaba de mí? Creo que algo entendí años después de que entré a estudiar periodismo.

Salté un año escolar y me reubicaron en un grupo con niños mayores. Conseguía hacer tareas y leer uno o dos libros por semana. A veces, cuando Leandra me veía con un libro formaba unas gafas con las manos, como diciendo qué aburrición. En casa de mis abuelos había una colección de National Geographic, Reader's Digest y una biblioteca juvenil que mi abuelo había comprado para sus hijos en los setenta. Yo la fui leyendo de a poco por las noches. Leandra hojeaba los ejemplares viejos de la National Geographic en el baño, iba en sentido contrario en todo lo que tuviera que ver con la lectura y le parecía que la escuela era innecesaria.

Un día pasaron por nosotras a casa de mis abuelos y no supimos si mi papá tuvo o no pareja, si mi mamá tuvo o no pareja, si estuvieron cerca de divorciarse, pero ahí estábamos los cuatro en el coche de vuelta a la casa. Hicimos una parada a una farmacia. Fue una parada inverosímil, como si nada hubiera pasado. Nos preguntaron si queríamos algo de tomar. Se bajaron juntos. Los vimos tomarse de la mano y así supimos que habían vuelto, todavía me acuerdo de Leandra diciendo ¿Entiendes algo, hermana?

El lado parlanchín de mi mamá tiene un lado cálido que hace que pueda conversar con quien sea y prácticamente quien sea entre en confidencias con ella. Por el otro lado, algunas veces me hizo sentir desprotegida, como si fuera a divulgar cualquier cosa que me pasaba o le confiaba. Como el día en que me bajó la regla, un sábado que la acompañé a su oficina en la universidad. Esa tarde tenía la certeza de que a la menor provocación contaría lo que recién me había pasado que viví como un dramón. Además de que estaba muy hormonal en ese tiempo, había encontrado una enorme mancha marrón en mi ropa interior blanca. Yo había entendido que la regla era sangre roja. Pensé que algo había salido mal conmigo. Estaba asustada y por eso le conté. Tenía mucha vergüenza en cualquier caso. Recuerdo que una compañera del trabajo le dijo en voz alta: "A mí también me pasó lo de la mancha marrón". Me puse furiosa.

Mi papá siempre fue discreto y demostraba apoyo presencialmente. Si le contaba algo sabía que estaba seguro. Había comprobado esto las pocas veces que le pedí que fuera discreto, que no le contara a mi mamá algo y como ella no lo había mencionado, sabía que mi papá había sido mi cómplice. No hay nada que tu madre pueda guardarse, me decía mi papá.

En ese sentido, mi mamá es abierta, frontal. Sus mensajes de voz al teléfono suelen decir todo lo que pasa a su alrededor con detalle. Si pide un Uber, por ejemplo, les dice en voz alta a quienes estén presentes el nombre del conductor, las placas, el tiempo que falta para que llegue. No se guarda nada. Mi papá tal vez era una piedra, una en la que podíamos apoyarnos Leandra y yo. A mi papá le gustaba tomar fotografías, tenía una cámara analógica y acumulaba una cantidad de fotografías que tomaba, sobre todo, de paisajes, flores, árboles, edificios y monumentos. Tenía pocos retratos como si las caras, las personas fueran una relación directa con la boca, el habla, lo explícito. Sus fotografías tenían algo de su propia personalidad. Cuando me dio el Valiant 78 fue su forma de decirme que me apoyaba en mi decisión de estudiar periodismo porque eso, restaurar coches, era algo que disfrutaba hacer. Como si hubiera que resolver una ecuación, así eran las demostraciones de cariño de mi papá. Y todo, los coches y sus fotos, eran igualmente silenciosas. Si mi papá estaba contento no le pedía a tres, cuatro personas que se abrazaran para tomarles una foto, le tomaba una foto a un frutero, a un árbol, a alguna esquina, su mirada solía dirigirse a lo menos anecdótico, y al darme ese coche me dio también algo poco o nada anecdótico, simplemente era algo que le gustaba hacer: armar, desarmar para volver a armar. Así que ese coche era una forma lateral de apoyarme. No lo dijo con palabras. Él sabía que yo sabía. Pero no fue hasta que hice las tres veladas con Feliciana que comprendí dónde se había originado esa complicidad con mi papá. Y, más importante, que tenía una cuenta pendiente con él.

7

Mi mamá yo creo enviudó antes de los veinte años, como tenía dos hijas y mi abuelo Cosme y mi abuela Paz eran pobres, quiso juntarnos a todos para arreglárnoslas mejor y nos fuimos de San Juan de los Lagos a San Felipe donde vivían ellos. Ella nos dijo que entre todos íbamos a cosechar más. Mi abuelo Cosme no era un anciano, era un hombre con las mismas fuerzas que mi abuela Paz, ellos llevaban la milpa y las siembras y cuando llegamos empezaron a crecer café, calabazas y chayotes, además del maíz y el frijol que ya crecían para tener ventas en el mercado. Yo me iba a venderlo al mercado con mi hermana Francisca, a veces me iba cerca de la iglesia con mi abuelo Cosme a quien respetaban porque trataba bien a quien tuviera enfrente además de que miraba a los ojos, yo digo que por eso las gentes lo respetaban. Además de trabajar en la milpa, mi abuelo Cosme y mi abuela Paz trabajaron las milpas del Padre, a él un hacendatario se las dio en caridad, el Padre de la iglesia tenía sus propias cosechas que destinaba a las caridades, pero siempre fue un buen comprador de la nuestra y lo que le lleváramos nos lo compraba para el comedor de las gentes de la iglesia.

Sí, mi hermana Francisca y yo nos levantábamos antes que el sol saliera de su monte, ayudábamos en la cosecha y en la cocina, tomábamos café y comíamos frijoles y tortillas y chiles también. Por ese tiempo a mi abuelo Cosme le dio por criar gusanos de seda dentro de la casa adonde vivíamos los cinco, alguien en el mercado le habló de los gusanos y le compró unos por unas monedas. Llegó a la casa con unos huevos de gusano y unos tres o cuatro gusanos ya crecidos como dedos. Nosotros dormíamos en el piso sobre los petates, con la ropa puesta y todavía no conocíamos la seda, pero el Padre tenía sotanas, sus telas púrpuras y rojas que se colgaba, mi abuelo Cosme me llevó a verlas con el Padre además de otras ropas para celebrar las misas que eran hechas con seda y otras que eran bordadas con hilos de seda. Y mi abuelo Cosme se interesó en hacer seda para vendérsela al Padre y a los hacendatarios y a las gentes que les gustaban los lujos que traen las monedas, y me puso a hacer seda en la casa.

Los gusanos de seda tardan cuatro estaciones en criarse, las mariposas ponían los huevos en los petates y mi hermana Francisca y yo cuidábamos los huevos hasta que nacían los gusanos después de dos estaciones. Ya que salían los gusanos de los huevos les dábamos hojas de moras que se comían haciendo unos ruidos que sonaban como cuando una pisa con huaraches la hojarasca. Así mastican los gusanos, una piensa de dónde sale ese ruidero de cosas así chiquitas como dedos de niño que parece que los soldados pisan la hojarasca, pero ahí estaban mastique y mastique los condenados dedos de niño con su ruidero, y cuando los gusanos se ponían de buen tamaño, los separábamos de los más chicos para que no se comieran entre ellos, porque así somos todos, hasta los gusanos son como las gentes en los pueblos, si uno deja un machete con tres hombres se las arreglan para matarse entre ellos sin que una sepa cómo le hicieron para terminar muertos los tres con un machete, así igualito son los gusanos a las gentes, si uno los deja solos se matan entre ellos sin que una sepa cómo se murió el que mató a los otros dos, a las gentes y a los gusanos les gusta machetearse. Los gusanos que son mayores, gordos como los dedos gordos de los hombres bien comidos, empiezan a babear y es entonces que hay que acomodarlos en unas varas secas para que ahí vayan escurriendo la seda. Durante las noches, mi abuelo Cosme y yo limpiábamos la seda que iban dejando los gusanos, entonces empezábamos ya a tomar el café que cosechábamos y vendíamos la seda que hacíamos nosotros, no sólo al Padre del pueblo sino a una familia rica que era muy cercana al Padre. Nosotros hacíamos los hilos, mi abuela los pintaba ahí en las tinajas de índigo, cochinilla y cortezas de árbol y flores del monte, además vendíamos el hilo natural y se le hizo buena fama a la seda que hacíamos y empezamos a venderle a algunas familias, todas familias de la fe. Yo no me acuerdo en ese entonces qué era de Paloma que era Gaspar todavía, pero ahí estaba como están las matas al fondo. Si le digo que entonces vi a Paloma en el mercado que nos la encontramos cuando fui con mi abuelo Cosme, le digo que no me acuerdo de esa vez, pero ahí andaba vestida todavía de muchacho, y así mi abuelo Cosme me decía el muchacho camina como si lo anduvieran desplumando. Él fue el que le dijo Pájaro la primera vez a Paloma que era Gaspar todavía, y las personas que no les gustan los muxes así le siguieron diciendo, Pájaro.

Nosotros nos vestíamos con algodón, mi abuela Paz era la que nos hacía las ropas a todos para los calores y de lana para los fríos. Mi mamá bordaba las ropas con hartos hilos. Conforme fuimos creciendo mi hermana Francisca y yo teníamos más trabajo, pero nuestras ropas no cambiaban, las arreglábamos, pero no cambiaban. En el pueblo los niños se visten como los adultos porque trabajan desde que se paran en dos patas como los becerros nacen parados, porque los niños también nacen parados para trabajar la tierra. Yo veo a los niños que me traen aquí, muchos de ellos que traen las gentes del extranjero, y veo que los entretienen con juguetes y los aparatos.

Con la seda que vendíamos a los hacendatarios que no vivían en San Felipe pero vivían en los alrededores, mi abuelo Cosme y yo compramos unos borregos y unas gallinas y nos mandaba a mi hermana Francisca y a mí a cuidar de los animales en el monte que está entre San Juan de los Lagos y San Felipe, a ese monte, al monte al que me fui a caminar con mi papá antes de que falleciera, antes de que el incendio le anunciara que su respiro se apretaba como los pájaros negros que se apretaban como puño para decirle no te quedan días ni te quedan noches, ese puño de pájaros negros que se apretaba y luego se dispersaba en el cielo azul que le decía a mi papá Felisberto tu respiro te va a apretar la vida, ese monte, es aquel monte, ese que se alcanza a ver por allá, sí, al que le hacen su festividad el siguiente domingo, yo por eso aquí le tengo sus velas rosas para su festividad. Ese monte entre San Juan de los Lagos y San Felipe para mí es mi papá, ese monte tiene los hongos que me enseñaron El Lenguaje y me enseñaron que yo puedo mirar El Lenguaje en las hondas aguas porque así lo quiso Dios. En ese monte mi abuelo Cosme además de cuidar a los animales nos mandaba por las varas para poner a los gusanos de seda que tenían que ser así redonditos y flacos y también nos mandaba por las ramas secas para el fogón de la comida que preparaba mi abuela Paz. Mi hermana Francisca y yo cuidamos a los primeros borregos que compramos con el dinero que hicimos de la seda hasta que pudimos venderlos y compramos otros, y así nos fue alcanzando para más borregos.

Todo eso hacíamos de niñas mi hermana Francisca y yo, nosotras no jugábamos como juegan los niños de hoy, ya me dice cómo le tocó a usted y a su hermana Leandra, pero yo un día hice una muñeca de trapo con los retazos que dejó mi abuela Paz de sus costuras de algodón y lana, y mi hermana Francisca le hizo un rebozo de la seda de las sobras que tenía mi abuela Paz para vendérselas a los hacendatarios, le pusimos el nombre de María a la muñeca de trapo y jugábamos con ella. Una tarde hablábamos de ella como si fuera un pariente nuestro, una amiga de mi hermana Francisca y mía, otra niña como nosotras, y mi abuelo miró que hablábamos de una muñeca de trapo María y nos regañó, nos dijo que en nuestra familia no habíamos tenido nunca tiempo para jugar y le arrancó el rebozo que le había hecho mi hermana Francisca con las sobras de la seda, nos dijo en la casa todos trabajamos, mi abuelo Cosme nos dijo Feliciana, Francisca los huevones y los ociosos son como los muertos, lo hacen sufrir a uno y los muy cabrones ni se enteran, así que ustedes a trabajar, nada de que la muñeca Tola por aquí, Tola por acá, aunque nosotros le pusimos María no Tola, y mi abuelo se memorizaba los nombres de todas las gentes, las miraba a las gentes a los ojos por eso las gentes lo respetaban, él ahí estaba donde estaba, sabía de qué habían hablado la última vez que los había visto y eso les mencionaba a las gentes cuando iba al mercado, por eso era respetado por las gentes, esa fue la única vez que yo vi que cambió un nombre para herirnos, porque herir es algo que hace la mala memoria.

En el pueblo los niños pueden hacer lo que quieran antes de caminar, pero después de que se paran con las patas como becerros les toca trabajar. Yo me acuerdo que mi hermana Francisca y yo jugábamos a ponerle paja a un perro en el lomo, al perro que anduviera por ahí cerca de la siembra le poníamos una bola de paja en el lomo, perro que nos encontráramos le poníamos una bola de paja si andaba cerca, el perro paseaba, se iba con la bola de paja de aquí para allá en el lomo hasta que se le caía por allá o los vientos le volaban la paja del lomo, a eso jugábamos a ver hasta dónde llegaba el perro con la paja enredada en el lomo, y risas nos daba a las dos, pero a mi abuelo Cosme no le gustaba que mi hermana Francisca y yo jugáramos. Mi abuelo Cosme dijo Feliciana, Francisca, las tratamos como a todos, aquí todos trabajamos para comer y si algo les puedo enseñar yo es a valorar el trabajo. Y nos quitó la muñeca de trapo que le pusimos María y él le decía Tola, que era como le decían a una mujer que él no tragaba, y echó el rebozo de seda que hizo mi hermana Francisca en el fogón de la comida que hizo un flamazo de un verde que me llegó a las entrañas porque yo vi la cara de mi hermana Francisca, pero se guardó la muñeca que le pusimos María pero él le decía Tola y luego me dijo Feliciana esta muñeca la hiciste tú. Se la guardó mi abuelo Cosme mucho tiempo, no la tiró, luego yo supe por qué.

La volvió a sacar tiempo después. Un día mi abuela Paz cayó enferma, ahí volví a ver a Paloma, entonces Gaspar de muchacho. En la familia de mi papá Felisberto todos los hombres habían sido curanderos así que mi madre fue allá por el primo más chico de mi papá, Gaspar, que estaba muy muchacho, apenas había dejado de ser potro, era el único que quedaba de la familia de hombres curanderos que venían a ver de aquí y de los pueblos vecinos. Entonces Gaspar empezaba con El Lenguaje. Ya luego de muxe Gaspar fue Paloma, pero en ese entonces era curandero y lo venían a ver porque los hombres de la familia tenían buena fama. A Gaspar lo enseñó mi abuelo y le ayudó a mi papá Felisberto, era juzgado duro por mi abuelo Cosme, lo llamaba Pájaro cuando era muchacho porque decía que a Gaspar parecía que lo andaban desplumando al caminar. Así era como mi abuelo Cosme llamaba a los muxes que no se vestían de muxe, a los hombres que se iban de noches con otros hombres decía que caminaban como si los anduvieran desplumando. Y Pájaro algunos le siguieron diciendo, aunque ella decía Paloma, mi amor, que a mí es a la que le gustan los pajaritos. Yo una vez le pregunté por qué le llamaba Pájaro a Gaspar y me dijo Feliciana a algunos hombres les gusta juntarse con otros hombres en la plaza, el Pájaro aunque todavía es muchacho, le agradan los muchachos como él. Me dijo que los muxes eran igual de secos como los terrenos que había tras el monte a los que no les crecía ni la mata aunque cayeran diluvios sobre los terrenos recién quemados y sembrados porque la tierra ahí estaba maldita y por eso los muxes no tenían hijos. Mejor, decía mi abuelo Cosme cuando hablaba de muxes, para qué queremos gentes así. Ya tiempos después, en mis veladas, vi que también había mujeres que se iban de noches con mujeres, también me vino a ver un muxe con cuerpo de mujer, y vi que los pájaros, como los llamaba mi abuelo Cosme, se enamoraban como se enamora cualquiera, que tenían sus querencias como las querencias de cualquiera, pero mi abuelo Cosme no era curandero, así creció y él creía que los muxes eran de otro costal. En mis veladas yo miré que las gentes quieren, se enamoran, tienen sus querencias y sufren sin importar si son hombres o son mujeres, y eso es algo que El Lenguaje deja ver en las veladas, todos somos iguales en los afectos, todos somos iguales en las noches, así como dicen en misa somos todos iguales bajo el sol, todos somos iguales bajo El Lenguaje, ese nos pone a todos iguales.

Se decía que a Gaspar le gustaban los muchachos por un mal de ojo que le hicieron a su madre cuando estaba encinta, decían que la maldición de su mamá había sido traer al mundo a un niño al que le gustaban los hombres de ojos grandes y negros como los suyos, que le gustaban los ojos negros como las noches y le gustaban las noches con los hombres, era hijo único y decían que Dios así la había castigado a su madre por tener únicamente un hijo y no hartos hijos como su hermana.

La primera vez que vi a Gaspar de muchacho, tenía la cara bella, así fue siempre con piel suave de muchacho, en esa primera velada que vi me di cuenta que no tenía pelo en las juntaderas de los brazos ni en las piernas, no tenía vellos en ninguna parte, tenía la piel suave así como su voz era suave y tenía una cicatriz en la ceja izquierda, como si se hubiera caído duro. A mí no me había venido la luna cuando mi mamá trajo a Gaspar a la casa con algo en las manos envuelto en hojas de plátano que cuidaba así como otras gentes cuidan las monedas. Me vino la luna unos días después, me acuerdo que pensé que mirar la velada fue lo que me puso del lado de las mujeres y dejó a mi hermana Francisca atrás.

Gaspar trajo cosas para curar a mi abuela Paz que estaba con los ojos hundidos, las ojeras negras y la piel blanca como la cal. Cuando iba a abrir el envuelto de las hojas de plátano miré que dentro tenía otro envuelto en telas de algodón que no alcancé a mirar y Gaspar miró que yo lo miraba y me rezongó, estaba enojado, pero aún enojado hablaba suave así como una piedra de río es suave al tacto de tanto que pasa el agua del río y así me dijo que si yo miraba lo que había ahí adentro no iba a poder curar a mi abuela Paz, así que me alejé, pero yo era curiosa y desde lejos los miraba con los ojos casi cerrados por si alguien se acercaba pensara que ya estaba dormida y si estaban lejos pensaran que estaba dormida y así pude mirar algo de lo que Gaspar hizo en la casa con ese envuelto de hojas de plátano y telas de algodón, prendió unas velas de cera pura de abejas y le dio lo que estaba en el envuelto de hojas de plátano a mi abuela Paz que estaba muy enferma. Gaspar se descubrió el torso, tenía un cuerpo muy bello, tenía movidas delicadas que yo no había mirado hasta entonces porque ni en mi casa ni en el pueblo había mirado que nadie se moviera así, ni mi abuela Paz ni mi mamá se movían así, ellas trabajaban la tierra, las telas, la comida, y no tocaban así los cuerpos ni sanos ni enfermos con eso que parecía ser calor o suavidad o cariño o todo junto y así Gaspar acariciaba las hojas de plátano, acariciaba las telas de algodón y luego ordenó lo que después supe eran hongos en pares y comenzó a cantar. Tenía voz de muchacho pero la suavizaba al cantar o ya se le había suavizado y con su cara que era bella hacía parecer que estaba entregando algo bien cuidado, así como se cuidan las primeras flores en la primavera así cuidaba Gaspar sus palabras de El Lenguaje. No comprendía nada de lo que estaba diciendo Gaspar, pero tenía melodía lo que decía, su voz era una esquina en la que a una le gusta estar, como cuando pega el sol por la tarde y se acomoda en una esquina para hacer alguna cosa ahí donde está el fresco. Mucho tiempo después entendí que eso que había hecho Gaspar era una velada, lo que sacó del envuelto de hojas de plátano eran los hongos que sacó para curar a mi abuela Paz, de esos hongos yo ya había visto con mi papá Felisberto, no me dijo para qué se usaban, sólo me dijo las clases de hongos y cómo escogía unos de otros y me dijo mi papá Felisberto ahí está El Libro y es tuyo Feliciana, y yo no sabía qué quiso decir. Esos hongos yo ya los había visto en el monte entre San Juan de los Lagos y San Felipe adonde iba a cuidar los borregos con mi hermana Francisca.

Esa noche de la velada para curar a mi abuela Paz, cerré los ojos, me hice la dormida y quise entender lo que cantaba Gaspar, entendí algunas palabras, hablaba de las estrellas, hablaba con su voz suave de las nubes, la fuerza del aire, del remolino, de dos remolinos que se hacían un remolino grande y fuerte, de los vientos que se amansaban, de las estrellas blancas en la noche negra, le decía a mi abuela Paz tú eres la estrella blanca de la noche negra, le decía yo soy hombre, yo soy mujer, yo soy santo y santa, yo soy la estrella blanca de la noche negra que aquí te viene a alumbrar las tinieblas. Fue la primera vez que viajé, me fui de la casa en la que vivíamos y con esa voz suya tan bella, su voz era bella, hacía con su voz que El Lenguaje fuera bello. Esa fue la primera vez que yo fui libre, en los cantos de Gaspar de muchacho yo fui libre, esa vez pude yo hacer lo que quería porque su voz bella eso hacía. Más oía su voz y más ganas de hacerse cobijos con su voz daban, su forma de usar El Lenguaje, eso da cobijos, mi hermana Francisca estaba honda en los sueños, pero yo no me quería perder de lo que pasaba al final de su canto. Por ahí de la madrugada antes de que saliera el sol de su monte, Gaspar frotó algo que parecía tierra y unos polvos blancos que sacó de una tripa de un animal que traía colgando de un hombro, los puso en el pecho de mi abuela y les untó también en el pecho a mi mamá y a mi abuelo Cosme, aunque ellos no habían comido los hongos, y él mismo se untó aquello en el torso. Por ahí cuando se empezó a levantar el sol, mi abuela Paz se levantó y ya no se veía débil. Gaspar la animó. Ya se sabe que los enfermos cuando están graves parece que un soplido los puede mandar al panteón o que con los vientos fuertes llega la muerte y les pone fácil su huevo. Ese fue el primer soplido regresó a mi abuela Paz, ganó fuerzas esa noche con las cosas que le dio y le untó Gaspar, mi abuela Paz llevaba días sin poderse levantar hasta que Gaspar la acarició suavemente con su voz y El Lenguaje, le dijo que había terminado su velada y ahora se empezaría a sentir mejor. Y así fue.

Unos días después de que me hice muchacha después de la velada que me llegó mi luna, cuando cuidaba los borregos en el monte con mi hermana Francisca, nos quedamos un rato largo bajo un árbol y vi varios hongos cerca, iguales a los que mi papá Felisberto me había enseñado antes de fallecer. Mis abuelos Cosme y Paz hablaban de los hongos con gran respeto, aunque nadie de sus antepasados había sido curandero. Mi mamá hablaba con respeto de quienes habían sido curanderos en la familia de mi papá, ella los había conocido, conocía las cosas que habían hecho, conocía que eran bien queridos por las gentes. Mi abuela Paz se había recuperado de la enfermedad después de la velada con Gaspar y yo así supe que los hongos eran buenos y pensé tal vez puedo probarlos. Yo ahí supe que mi abuelo Cosme había guardado aquella muñeca María que yo hice que mi abuelo Cosme le llamaba Tola, porque entre las cosas que acomodó para mi abuela Paz, Gaspar miró a mi abuelo Cosme con la muñeca que le puse María y le dijo esa niña es de El Libro. Y yo no entendí lo que decía.

Tenía yo unos diez o trece años, unos días después de que me llegó la luna, cuando probé por primera vez un hongo con mi hermana Francisca que todavía fue niña un tiempo más, pero no mucho más. Lo probamos bajo el árbol de las sombras, una tarde que cuidábamos a los borregos y las cabras. Yo recuerdo bien que esa vez los hongos nos quitaron el hambre y nos alegraron la tarde. En algunas ocasiones cuando mi hermana Francisca y yo sentíamos hambre y la comida en la casa en la que vivíamos los cinco no nos saciaba a todos íbamos al monte con los borregos y las cabras que cuidábamos y ahí comíamos un hongo entre las dos, eso nos hacía el hambre mansa.

Una vez llegó mi abuelo Cosme al árbol de las sombras donde mi hermana Francisca y yo nos sentábamos a cuidar de los borregos y las cabras y nos encontró risas y risas a las dos, no parábamos de las risas, eso era un celebratorio y como a mi abuelo Cosme no le gustaban las risas, nos decía aprovechen que sonrío porque sonrío cada que cae nieve en el pueblo, y en San Felipe lo más que caían eran pesares o granizos, y cuando estábamos sueltas de las risas pensamos que se iba a enojar, que se iba a poner furioso, pero nos estábamos riendo y ya nada nos podía parar como cuando sueltan un bulto ya nada puede hacer que se detenga de caerse el bulto y si nos regañaba nos iba a dar más risas porque ya nada podía detener eso que iba de caída como bulto, y yo pensé que se iba a poner serio mi abuelo Cosme y me ablandaba que se pusiera así de serio y yo creo que se dio cuenta de eso y le dieron risas de la risas que traíamos mi hermana Francisca y yo, y también se dio cuenta de que habíamos comido un hongo mi hermana Francisca y yo y no nos regañó, pero nos llevó cargando hasta la casa y no le dijo nada a mi mamá ni mi a abuela Paz.

Las siguientes lluvias que cayeron me volví a ir con mi hermana Francisca al monte entre San Juan de los Lagos y San Felipe y volvimos a comer hongos, uno ella y otro yo. Mi hermana Francisca ya se había hecho muchacha en esas lluvias y me acuerdo que me dijo Feliciana ya me vino la luna y esa vez fue la primera vez que tuve una visión que recuerdo muy bien, así fue mi primera visión, se movían las hojas y las ramas de los árboles con los vientos recios y de entre las hojas y las ramas moviéndose de los árboles encontraba a mi papá Felisberto con el que conviví hasta por ahí de que aprendí a hablar. Yo sentía su amor, ahí lo tuve vivo. Él me miraba, estaba bien vestido y me daba gusto verlo bien vestido y con buena cara, me decía que mi hermana Francisca y yo estábamos bien cuidadas, que le rezara a Dios porque tenía que agradecer todo lo que venía para mí, me pidió que siempre le agradeciera a Dios porque había muchas cosas grandes que me esperaban. Ahí me dijo que cuidara de mi hermana Francisca porque ella me acompañaría siempre, yo se lo prometí ahí a mi papá Felisberto, él me dijo Feliciana El Libro es tuyo. Ni yo ni nadie de mis antepasados sabe leer ni escribir, y eso me pareció extraño, pues fue lo mismo que alcanzó a decirme en vida y fue lo mismo que me dijo en la visión que tuve, y eso fue lo mismo que lo que alcancé a oír que Gaspar antes de que fuera Paloma le dijo a mi abuelo Cosme cuando se encontró con la muñeca María que yo hice, Gaspar le dijo esa niña trae El Lenguaje, suyo es El Libro. Yo seguía sin saber.

Cuando regresé de la visión le dije a mi hermana Francisca que había visto a mi papá Felisberto y le conté las cosas que me había dicho, me preguntó cómo era mi papá Felisberto y yo le dije que las dos nos parecíamos más a él que a mi mamá, y decirle que se parecía más ella. Se puso contenta. Yo supe que estaba en el camino porque sentí que así era, yo claro lo sentí, pero no sabía para adónde seguir, y mi papá Felisberto fue la primera persona que me anunció ese camino que yo sentí que estaba bien pero no sabía cómo seguir cuando yo apenas era muchacha y cuando Paloma era Gaspar se me acercó un día y me dijo Feliciana vente un día que yo te voy a enseñar cómo te acercas a El Lenguaje y a El Libro para que sepas que es tuyo, yo le dije la Biblia, me dijo no Feliciana.

En esa visión que tuve, mi papá Felisberto me dijo algo para probarme que no era un espíritu ni que yo me lo estaba figurando, me dijo le dices a tu abuelo Cosme voy a hacer lo que hizo mi papá Felisberto, lo que hizo mi abuelo y mi bisabuelo que eran curanderos yo lo voy a hacer, él se va a cruzar de brazos y te va a decir que eso sólo es para los hombres. Pero si una flor nace flor no hay forma de que sea mata por mucho que uno quiera que sea mata y eso es lo que te vine a decir, eso es lo que le vas a contestar Feliciana, y eso se lo vas a probar a tu abuelo Cosme y también a los demás se los vas a probar, no les vas a decir es el camino que es mío porque ya lo recorrieron mi papá Felisberto, mi abuelo y mi bisabuelo, les vas a decir mío es el camino porque yo soy Feliciana.

Yo así supe mi camino y vi el camino en mi nombre. Lo vi y lo sentí cuando estaba yo muchacha. Yo no sé hablar español ni inglés ni alemán ni francés ni las lenguas que hablan las gentes que me vienen a ver, yo no puedo hablarles sus lenguas, he salido en el cine y en los periódicos, me mandan los libros, los discos, las cosas que hacen los artistas me las mandan, pero yo siempre les digo lo agradezco, pero no me interesa si soy la primera, si soy la última o si hablan de mí, no me interesa y yo lo agradezco, pero yo hago lo que hago porque este es mi camino y si he salido en el cine y en los periódicos y en los libros y en las fotografías es porque eso se puso en el camino de mi nombre, pero no busco eso, los que vienen a hablar en otras lenguas sólo puedo hablarles en mi lengua, y yo no voy a matar mi lengua con otra lengua, yo no hablo la lengua del gobierno, es por eso que traen a sus intérpretes para que les digan a las gentes lo que yo digo, como ahora a usted le llega lo que yo le digo en otra lengua, no le llega en la mía. Eso me parece bien porque igual dos gentes que se quieren entender en la misma lengua no se entienden bien, uno entiende una cosa, el otro entiende otra, y por eso es grande y amplio como el presente El Lenguaje. Tiempo después de que mi papá me habló, mucho tiempo después cuando yo ya tenía a mis tres hijos Aniceta, Apolonia y Aparicio, estaba viuda de Nicanor y me puse en mi camino para curar las dolencias del cuerpo y del alma de las gentes, le dije a mi abuelo Cosme este es mi camino, el camino de Dios es mío, el de curar a las gentes es mi camino y hacerles ver sus hondas aguas y él me dijo eso es cosa de hombres y se cruzó de brazos que fue como mi papá me dijo sigues tú, Feliciana. Yo supe también que tenía que probárselo a mi abuelo Cosme como me dijo mi papá Felisberto. Quería probárselo a las gentes, eso quiso decirme mi papá Felisberto cuando dijo tienes que probárselo a los demás Feliciana, me dijo prueba que siendo mujer, Feliciana, estás en un camino de hombres, y me tocaba recibir algo que ellos no habían podido recibir no por ser hombres, sino porque yo soy yo, ese era El Libro del que me había hablado mi papá Felisberto antes de fallecer y El Libro que Paloma dijo es de la niña, pero a mí no se me aparecía El Libro todavía.

8

Mi mamá se salió de su casa a los dieciséis años. Tenía una buena relación con sus hermanos, pero la relación con sus padres era tensa, quería llevar una vida diferente a la que ellos esperaban. Empezó a tensarse cuando era adolescente y la única forma de intentar lo que ella deseaba —estudiar y trabajar— era saliéndose de su casa. Mis abuelos tuvieron seis hijos, dos mujeres —mi mamá y mi tía, la más chica de todos, con la que se lleva nueve años—. Cuando mi mamá tenía dieciséis tenía mucha presión por parte de mis abuelos para casarse, en buena medida porque en su idea del mundo no cabía la posibilidad de que una mujer estudiara y trabajara. En su contexto la única forma de hacerlo era sin el consentimiento de sus padres. Los dos reprobaron su decisión, pero se fueron suavizando poco después de que se salió de la casa, luego de un chantaje magno que le hizo mi abuela. Esa decisión de salirse de su casa fue determinante en la manera de ver el mundo, y más adelante en su forma de educarnos a Leandra y a mí. Mi mamá entró a trabajar en una tienda de ropa al tiempo que estudiaba —alguna vez me mostró el estacionamiento que antes era esa tienda—, iba en bicicleta y con su sueldo pagaba un cuarto en una casa que compartía con otros estudiantes, entre los cuales estaba mi tío, el hermano de mi papá. Así se conocieron.

En la temporada que pasamos en casa de mis abuelos, Leandra comía de más y no se interesaba en absoluto en la escuela, pasaba tiempo haciendo cualquier cosa durante clases, dibujaba en los cuadernos para calentar la silla, se aburría. Se mantuvo a flote en la primera escuela que la corrieron porque es inteligente y sabía librarla. La echaron porque tenía malas notas en conducta, más adelante, luego de cumplir once años, extremó su lado contestatario un paso más allá que sus compañeros. Que Leandra fuera tres años abajo que yo me hizo ir a su paso en algunas cosas. Me bajó, por ejemplo, tiempo después que a mis compañeras de escuela, en parte porque me saltaron de año y en parte porque en algunas cosas estaba sincronizada con Leandra. A ella le bajó antes que a sus compañeras.

Mi abuela, la mamá de mi mamá, era muy católica. Íbamos a la iglesia con ella cuando vivimos en su casa. A mi abuela le avergonzaba la manera contestataria de Leandra, y le hizo varios comentarios sobre su pelo corto, algunas veces la tachó de marimacha —esa era la palabra que usaba— y mi hermana le decía que había otras formas de peinarse y vestirse distintas a las que ella conocía. A Leandra no le interesaba la escuela, no le interesaba estudiar, y con su don de gente y su sentido del humor descontrolaba una clase. Si algo pasaba en la escuela, si había algún problema, Leandra era una de las sospechosas. Para sorpresa de todos en la familia, incluida mi tía que desde siempre protegió y fue cercana a mi hermana, Leandra se enganchó con las lecturas del padre cuando íbamos a la iglesia por obligación, y sin que nadie lo esperara, empezó a acompañar con gusto a mi abuela a misa, rezaba con las dos manos juntas y los ojos cerrados, de rodillas antes de dormir, y un buen día me dijo que quería hacer la primera comunión. No sé cómo, pero le tomó unos minutos convencerme de que nos inscribiéramos al catecismo en esa misma iglesia cerca de casa de mis abuelos, a la que mi padre le daba pesar llevarnos una vez que regresamos a vivir los cuatro juntos. Leandra tenía diez años, casi once, cuando hicimos la primera comunión; yo tenía trece y me sentía como un oso en monociclo.

Fue una primera comunión colectiva. Las familias involucradas organizaron una fiesta y mi tía que era comprensiva y suave con el carácter de Leandra, le regaló un Zippo tornasol chico que habían visto una vez que la llevaron al cine en un centro comercial. Mi hermana pensaba que era el objeto y el color más espectacular sobre la tierra. La idea fue del novio de mi tía, y ambos estuvieron de acuerdo en que era un buen regalo para acompañar una vela grande que le dieron con una cruz católica y unas espigas de trigo atadas con un listón color hueso para que Leandra la prendiera y rezara por las noches. Leandra había insistido en que el novio de mi tía le regalara su Zippo plateado pues le había parecido un invento cumbre. Me presumió que el fuego no se apagaba, hizo unas pruebas con la mano, le dio unos sopliditos, le maravillaba que no se apagara incluso si soplaba viento por la ventana entre nuestras dos camas y esa noche que abrimos los pocos regalos que recibimos, que venían especialmente del entusiasmo católico de mi abuela, Leandra prendió su vela por primera vez con su Zippo tornasol, el mismo con el que tiempo después provocaría el incendio en la tercera escuela de la que la corrieron.

Mi abuela nos regaló dos vestidos blancos, una Biblia de tapas de plástico nacarado, y nuestros nombres en cada una con una tipografía eclesiástica que hacía parecer que éramos unas santas, unas medallas de plata con un cristo que ninguna de las dos usaría, como si con mi madre no le hubiera salido y con nosotras, sus nietas mayores, por fin, pudiera compartir su fe. Nos dijo que mis tíos nos habían regalado un álbum que en la portada tenía escrito "Mi primera comunión" en letras doradas y la silueta dorada de dos niñas rezando una frente a la otra, que había comprado ella. Mi papá no participó en la ceremonia religiosa, la pasó de pie, no se hincaba cuando el padre lo pedía, no respondió nada ni se unió a ningún rezo, coherente con su ateísmo. A él le gustaba bromear que de tener más tiempo en el trabajo, habría predicado el ateísmo tocando de puerta en puerta, y más o menos ese era el resumen de nuestra actitud religiosa en la casa.

Leandra estaba feliz con su Zippo tornasol. Lo prendía y apagaba, lo tapaba y destapaba, y esa noche yo empecé a hojear el libro de poemas que me dio mi tía. Mi regalo es mejor que el tuyo porque el mío quema el tuyo, me dijo Leandra desde su cama mientras no estaba muy segura de si iba a leer ese libro o no, pues parecía un formato más serio, más imponente parecían las palabras en vertical que la colección de revistas setentera que leía, pero esa misma noche decidí darle una oportunidad antes de dormir. Nunca voy a olvidar lo que ese libro hizo en mí a los trece años, como si hubiera tomado las clases de catecismo y hecho la primera comunión para encontrarle sentido a este poema de Fernando Pessoa: "Si Dios no tiene unidad, ¿cómo la tendré yo?"

Ese verano descubrí todo. Como si a alguien se le hubiera olvidado decir que eso que llevaba haciendo trece años, vivir, tenía un lado también divertido. Ese libro fue mi puerta al cine, a la música, a los periódicos, a cuestionar a mis padres. Ese verano me bajó, y aunque viví los cambios físicos y los zigzagueos emocionales con miedo al inicio, como si alguien me estuviera echando a nadar por la fuerza, entendí que me apartaba con gusto del mundo de Leandra, al menos por un tiempo.

Empecé a escribir poemas malos, malísimos; empecé a escribir artículos para la revista escolar que eran fotocopias engrapadas y, sobre todo, patadas adolescentes, y quise aprender a tocar un instrumento. Me gustaba la batería. Le pedí a mi papá que me metiera a clases. Mi papá era ingeniero, no tenía idea de música, ni, sospecho, sabía cómo lidiar con una adolescente que empezaba a experimentar gustos. Si alguien me celebraba lo que escribía era él, pero no supo cómo abordar mi interés por la batería, y me mandó con mi mamá. Ella me pidió que buscara clases de batería cerca de la casa, que no fueran caras.

Encontré a un chico de poco menos de treinta años, con el pelo largo y una playera con la portada del *Nevermind* de Nirvana que vivía con sus papás en una casa predominantemente de madera y adobe que olía a cabaña en el bosque. Me pareció extraño el ambiente campirano en medio de la ciudad: tenía adornos de madera, una piel de vaca de tapete bajo una mesa rústica, ollas de barro de distintos tamaños como decoración y un enorme macramé de color hueso en la pared. Él se esforzaba por tener pinta de malo en su forma de vestir y hablar, y mientras tomaba agua de limón que tal vez había hecho su mamá, me llevó a la cocina y allí me dijo que él daba clases a niños y que nunca se había aparecido por ahí una niña. Si lo piensas, me dijo con el vaso de agua de limón por la mitad, no hay ninguna baterista que sea mujer; de hecho, no hay ninguna mujer que haya cambiado la historia del rock. Es más, me dijo, tomándose de un sorbo el resto del vaso de agua de limón, las mujeres cantan, no tocan instrumentos, mucho menos tocan la batería.

Era sábado por la tarde, Leandra salía de la casa con su mochila. Le pregunté qué iba a hacer, me dijo No, no voy a quemar el parque, Zoé, y azotó la puerta. Leandra acababa de cumplir once años, y la habían echado de la primera escuela porque algunos maestros habían convenido que, a pesar de su inteligencia y de conseguir notas altas por su buena memoria, su conducta era mala. Leandra se aburría en la escuela y prefería llevarse con sus compañeros;

hacía fácilmente amigos, pero distraía a la clase. La gota que derramó el vaso fue una vez que Leandra desafió a un maestro que tenía en su poder que aprobara o reprobara el curso. Estiró tanto la liga hasta que reventó la paciencia de su maestro. Aunque hizo un examen extraordinario que aprobó con la calificación más alta de su generación, ese maestro convocó a otros a que discutieran el caso de Leandra, lo que se sumó a la cantidad de reportes de mala conducta que ya tenía. Resolvieron que aprobaría el curso, pero tenía que continuar en otra escuela. Así llegó a la segunda escuela de la que más adelante también la corrieron.

La segunda escuela tenía instalaciones viejas en la que había ventiladores al centro de los salones. Cuando la maestra les daba la espalda, alguien aventaba un sacapuntas o una goma al ventilador que hacía un ruido discreto pero lo suficientemente perceptible para que todos se rieran. Cuando la maestra no estaba, si el ventilador estaba prendido, aventaban lápices, plumas, alguna vez alguien aventó un estuche y las cosas salieron volando por todo el salón y eso fue gracioso para todos. Un día, cuando la maestra salió a hablar con otra maestra, Leandra mojó una chamarra de un botellón de agua que había en el salón, y aventó la chamarra mojada al ventilador. Se cayó al centro del salón con un pedazo de techo, y quedó un hueco grande al que Leandra, más adelante, llamó cráter, y, sumando eso a otras notas de mala conducta, la corrieron otra vez.

Esa tarde que salió al parque llevaba una sudadera negra de zipper. Solía juntarse con un amigo suyo que vivía en uno de los edificios frente al parque. Él casi siempre tenía un gorro tejido con los colores rasta, tenía los ojos y la nariz redondos; era muy dulce y le tenía mucho cariño a mi hermana. Yo aproveché que tenía el cuarto para mí sola esa tarde y puse una canción que me sabía de memoria para ver cómo se oía mi voz cuando entró mi mamá al cuarto y me preguntó qué había pasado con las clases de batería. Había llegado antes de lo esperado, mi papá no estaba en la casa y me sentí incómoda de que entrara sin tocar la puerta. Le conté lo que el maestro me había dicho. A sus treinta y tantos años, con la boca pintada de rojo, el pelo suelto, una cadena dorada, una t-shirt blanca y unos jeans a la cintura, se sentó al borde de mi cama y me dijo: "Pero qué grandísimo imbécil, su estereotipo de mujer, sabes qué, por favor debiste haberle dicho, Zoé, que ninguna mente tan chica como la suya ha cambiado la historia del rock, y ahí le azotabas la puerta en las narices. No me vas a decir que ese culicagado te quitó las ganas de tocar la batería".

Encontré otro profesor de batería, guitarra y piano que nos enseñaba las bases musicales a un grupo de ocho adolescentes. Tenía veintitantos años, era pelirrojo, tenía la piel blanca, pecas en la cara como canela espolvoreada y pestañas pelirrojas. Era muy alto, tenía casi siempre los ojos semicerrados, parecía tener un cuerpo demasiado grande para moverse con precisión. Nos caía muy bien a todos. Tomábamos clases en la parte trasera de la casa de su papá, un psicoanalista reconocido que un par de veces entró a saludarnos. Una vez encontramos cámaras de televisión entrevistándolo en el jardín entre el estudio y la casa. Se había suicidado una celebridad y lo entrevistaban por sus estudios en torno al suicidio. Su papá era bien reconocido, y hacía no tanto había mudado su consultorio a un edificio que compartía con otros psicoanalistas, psicólogos y terapeutas a otra zona de la ciudad. Él estaba estudiando la maestría en guitarra clásica y para cubrir sus gastos nos daba clases por las tardes. Era divertido, noble, cálido con nosotros y daba confianza.

En las clases de música conocí a María. Ella se enfocaba en la guitarra y juntas formamos una banda a la que llamamos Fosforescente. María había hecho un personaje al que llamaba Niña Fosforescente en los márgenes de los cuadernos, que tenía el súper poder de la fosforescencia —no estoy muy segura en qué circunstancias le funcionaba o de qué carajos servía—, pero nos gustó la idea de que sobresaliera por su fosforescencia. Empezamos a ensayar los sábados por la tarde llamándonos a veces Fosforescente, a veces Niña Fosforescente, hasta que decidimos que nuestro nombre "oficial" sería Fosforescente. Pronto se unió Julia, vecina de María, que cantaba bien. Era más divertida y extrovertida en los ensayos que en las pocas tocadas que tuvimos en público. Julia se sentía incómoda frente a la gente, pero cantaba muy bien. Su presencia en los ensayos y en el escenario eran espíritus opuestos, como dos personas distintas. Las pocas veces que tocamos frente a un pequeño público, se cubría parte de la cara con el fleco y cantaba con los ojos cerrados o mirando al piso.

La primera vez tocamos muertas del miedo en la explanada en un concurso de bandas organizado por la delegación en la que vivían María y Julia como parte de un festival de talentos juveniles. Fueron nuestras familias, había algunos despistados que pasaban por ahí, fue Aitan con su novia, que nos felicitó efusivamente y nos regaló un ramo de flores amarillas cuando bajamos a saludarlos. Ganamos el segundo lugar que, según Leandra, que estaba ahí con su mochila y su amigo con el gorro de colores rasta, era el peor lugar posible en un concurso porque no estábamos al frente ni estábamos en el hoyo del tercer lugar que nadie nunca recuerda, sino en un tibio y parco segundo lugar de un concurso delegacional.

Tocamos en el cumpleaños de uno de los compañeros de las clases de música. Ahí nos fue mejor y también la pasamos mejor. Después tocamos en el fin de curso del colegio al que iba yo, el primer colegio del que corrieron a Leandra, pues los estudiantes montábamos un show de fin de año que era el espacio para mostrar lo que hacíamos. Me acuerdo que esa vez Leandra llegó sola, con una bata china de baño abierta, unos pantalones azules y una camiseta blanca sin mangas y unas botas negras. Se encontró con amigos y una chica la abrazó entusiasta y se sentó a su lado. Su amiga celebraba todas las presentaciones, Leandra no aplaudió ni mostró interés alguno salvo en la nuestra. Salimos después de un chico que declamó poesía de amor de memoria. Nosotras estábamos ya listas para salir y me acuerdo de ver a Leandra con la mano en la frente como si no aguantara un verso más de ese chico, teatralmente hastiada con su bata china de baño. Le había bajado hacía poco, estaba perdiendo peso, y le gustaba bromear diciendo que su dieta consistía en comer pasta, lo cual era cierto. Por un lado, su metabolismo había cambiado, por el otro había dejado de comer por ansiedad.

Tocamos tres covers de las bandas que escuchábamos en ese entonces, fueron bien recibidas, y tocamos una canción que compusimos nosotras. María compuso las melodías y yo escribí las letras antes de elegir la que tocaríamos en la escuela. Leandra en ese entonces fumaba a escondidas: mi abuelo paterno había muerto con la piel gris de un enfisema pulmonar, y el tabaco era la kryptonita de mi papá. Él podía beber una botella de tequila o de whiskey, pero no le gustaba fumar, era intolerante al humo del cigarro y le hubiera lastimado saber que Leandra fumaba, y mi hermana, a quien le gustaba llevar las cosas un paso más lejos, tenía claro que no quería lastimar a mi papá, pero no quería dejar de fumar, así que después de que terminamos de tocar, se salió a fumar con su amiga. Mis papás estaban entre el público, vi cómo Leandra se acercaba directo a nosotras y con un fuerte olor a chicle de menta nos dijo muy segura, dándole unos sorbos a un café en vaso de unicel, que las canciones que habíamos compuesto le gustaban, pero que las tres canciones se parecían muchísimo como triates que se confunden entre ellos mismos.

Y tenía razón. Escribí otras letras buscando sinónimos en el diccionario para sonar más interesante, pero cuando se las enseñé a Leandra, más allá de que no entendió algunas palabras, me dijo Están OK, Zoé, pero tú sí, francamente, hiciste una labor de antropología sacando palabras complicadas entre los escombros. Y ese comentario me caló, me quedó dando vueltas, porque confiaba en que la única persona sincera era Leandra.

Ensayaba en el garaje escuchando discos completos. Algunas veces ensayando en el garaje, mi papá hacía unos bailecitos rítmicos, un poco tiesos, cuando le gustaba algo. La siguiente vez después del comentario de Leandra, propuse en el ensayo en casa de María que intentáramos hacer un rap. Lo escribimos entre las tres, nos apegamos más al ritmo de la batería y usamos un *sample* de una canción de Tupac. La canción igual no le gustó a Leandra, pero tocamos esa canción en una fiesta en casa de Julia, que cantó con la cara casi totalmente cubierta con su fleco, una gorra morada y las uñas pintadas de amarillo fosforescente. En el ensayo dijo que eso nos iba a dar onda, que iba a ser como nuestro sello, y nosotras también salimos con las uñas pintadas de amarillo fosforescente. María improvisó a la mitad de la canción algo que involucraba a la fiesta y eso fue un éxito.

A los catorce, quince años cambiamos la banda y las uñas fosforescentes por las fiestas, y pronto la mención de Fosforescente era como un pasado lejano. Me daba algo de vergüenza si alguien hacía referencia a alguna canción, pero después de que deshicimos la banda seguí escribiendo música que nunca canté o toqué en público, canciones que no las enseñaba a Leandra, pues su juicio a veces me intimidaba, y esa batería que compré en un mercado de instrumentos de segunda mano me servía para darles ritmo a esos poemas que escribía. A veces, mientras mi papá armaba y desarmaba su propio coche, o el de algún amigo del trabajo, yo pasaba las tardes de los fines de semana tocando ritmos en la batería, cantaba palabras con una base rítmica que me hacían pensar que con música eran mejores, como si no pudiera comer una cucharada de azúcar más que disuelta en el café, y tal vez eso heredé de mi papá, necesitaba disolver una cosa en otra.

No dejé de leer ni de escribir artículos para la publicación escolar. A Leandra nunca le importaron los libros ni los periódicos. De adolescentes parecía que cada vez nos alejaríamos más, como dos líneas paralelas que eran nuestras camas entre la ventana en el mismo cuarto, que nuestro camino nunca se juntaría, y que al salir de la casa nos relacionaríamos poco, si acaso en alguna reunión familiar.

En cuestión de meses Leandra tuvo un cambio radical. Dejó de ser una preadolescente con sobrepeso, hoyuelos en las manos y el pelo corto, y se transformó en una adolescente guapa. Le gustaba jugar con eso. La primera vez que se emborrachó se puso más borracha que sus amigos. En una fiesta se habían terminado el vodka y las cervezas. Leandra había sido la única en mezclar los licores dulces de los papás de la chica que los había invitado a su casa, y esa vez tuve que ir con mi papá a recogerla, la cargó, y mientras él la arropaba en su cama me mandó a la cocina por una cubeta de plástico para ponerla entre nuestras camas.

Leandra pasaba tiempo fuera, dejamos de coincidir en la casa. Yo estaba en las fiestas en las que había porros, caguamas y en conversaciones que buscaban cambiar al mundo; Leandra estaba en cualquier cantidad de fiestas. Yo usaba Converse y Leandra usaba botas. Alguna vez me dijo Jamás me verás de Converse, hermana, son parte de un uniforme espantoso del capitalismo.

En esa época había comidas masivas organizadas por los estudiantes del último año de alguna preparatoria. Una comida era equivalente a la posibilidad de tomar alcohol, ligar, con suerte fajar o coger en algún rincón. Esas fiestas fueron tan populares que pronto algunas bandas conocidas tocaron en algunas de esas comidas que comenzaban a las tres de la tarde, a la hora en la que la mayoría de las escuelas terminaba el turno matutino, y terminaban en melodramas de madrugada. La única vez que fui a una de esas fiestas fue porque tocaba una banda local que a María y a mí nos gustaba mucho, conocimos a una pareja de chicos que nos cayó muy bien, compartimos porros sentados en el pasto hasta que cayó la noche, y esa fue la única fiesta en la que me encontré a Leandra esa temporada. Estaba borracha, me pedía que no fuera a acusarla de lo borracha que estaba, y, con la nariz roja me dijo Te presento a mi esposa, hermana, ella es novia de mi amigo, pero me cayó tan bien que le propuse matrimonio y ya nos casamos, no le vayas a decir a mis papás que me casé sin invitarlos a mi boda. Entonces yo tenía la voz más grave que ella, no mucho más, pero en ese momento me extrañó que Leandra hablara en un tono más agudo de su tono, y no sé por qué ligué ese hecho con que a Leandra le interesaba quedar bien con esa chica que tenía un perfume y una voz muy dulce. A la mañana siguiente me dijo que se había besado con esa chica y que había sido muy divertido.

Leandra quería ser diseñadora, cosa que le desconcertaba mucho a mi papá. Tal vez porque era el opuesto a su trabajo funcional como ingeniero. Mi madre solía neutralizar esas conversaciones. Yo quería estar en la redacción de un periódico, investigando en alguna biblioteca o tal vez escribiendo poesía, y eso me colocaba como entre estaciones de radio que ninguno de mis padres podía sintonizar. Alguna vez dije en casa con mucha certeza que me iba a dedicar a escribir toda clase de historias desde la redacción de un periódico, y era como si hubiera puesto la bandera en la luna, ese piso lejano y desconocido para mi familia. Sin embargo, cuando le conté a Feliciana cómo había llegado a mi trabajo me dijo, muy segura, que yo también tenía El Lenguaje, pero aún me faltaba algo. A mí me pareció lejano, al principio escuchaba esa mención a El Lenguaje como si fuera algo mágico, pero de a poco me fui dando cuenta que ella se refería a algo más amplio.

Y qué piensas hacer al respecto, me dijo un día mi mamá. El trabajo no toca la puerta de tu casa, hay que salir a buscarlo. Una mañana, camino a la preparatoria, compré el periódico que mi padre leía todos los sábados, una costumbre que había heredado de mi abuelo, su padre, también ingeniero, y que sospecho que más que interesarle, lo hacía como una forma de mantener una relación él, como el hecho de que ambos se habían dedicado a lo mismo había sido una forma de mantener una cercanía silenciosa, porque si mi papá no era de muchas palabras, mi abuelo era una tumba. Ese era el periódico que yo a veces leía cuando lo acompañaba en el taller en el garaje, y busqué la dirección de las instalaciones y esa tarde fui para ofrecerme como ayudante en la redacción de ese periódico. Era una empresa grande, pensé que con suerte había un trabajo para mí, además de que era el mismo que mi papá compraba y ese periódico era como un perro fiel siempre echado por las mañanas en la entrada de la casa. No tenía idea de cómo se hacían las cosas, pero creo que estaba tan decidida que conseguí que la recepcionista me pusiera en contacto con el asistente de uno de los editores encargados en cultura que me pidió que fuera el siguiente lunes. Fue complicado hablar con el editor jefe, pero cuando llegué a él me dijo que no había vacantes para niñas sin quehacer. Aquí se trabaja, me dijo, no se viene a pasar el tiempo, y no pasé de la recepción. Cuando les conté a mis papás, estaban frente a la televisión en la cocina, a volumen bajo, comiendo sándwiches. Mi papá reaccionó sereno, dijo que me tocaba volver para que ese señor me escuchara, pero mi mamá estalló.

—Y a ese patán quién le dijo que eres una niña mirando cómo pasar el tiempo, no sé quién le enseñó esos modales a Don Editor, pero si tú no lo pones en su lugar yo misma lo haré, tu papá tiene razón, vas a volver con ese señor, pero no sólo lo vas a poner en su lugar sino que le vas a demostrar que eres capaz de tener ese y el trabajo que tú quieras, Zoé.

Al día siguiente al terminar clases, en un horario en que mi mamá debía estar en su trabajo en la administración universitaria, pasó por mí y me dejó en la puerta del periódico.

—Te van a pagar una miseria, pero debe de haber algún puesto para ti. Aquí te espero hasta que vuelvas con ese trabajo. Nada de trabajar gratis, en ninguna circunstancia está bien, nunca aceptes trabajar gratis por muy principiante que seas.

Tuvimos que volver la siguiente semana, porque el editor no estaba, pero por medio de su asistente prometió recibirme de nuevo. Con un horario por las tardes, después del turno matutino que tenía en la escuela, y un horario de 7:00 am a 12:00 pm los sábados, me ofreció un trabajo por el que me pagarían una mierda.

Pronto entendí que en las oficinas de redacción no hay tal cosa como mejores horarios; de hecho, me lo extendieron a los fines de semana, pero me gané la confianza de quien fue mi primer jefe, quien me recomendó para mi primer trabajo al salir de la carrera, y ese trabajo me trajo al puesto que tengo a la fecha. Esa tarde en que me contrataron, con ese clima bipolar y predecible del verano —ese calor intenso por las mañanas y la lluvia puntual por las tardes—, me acuerdo de mi mamá con su suéter negro, los labios pintados de naranja y sus uñas rojas, manejando:

—El problema de las pulgas es más grande de lo que parece. Sabes que si pones un montón de pulgas en un frasco saltan y se topan con la tapa y saltan hasta la altura de la tapa, porque ya sabes, son pulgas y las pulgas saltan, pero si les quitas la tapa saltan hasta el límite invisible porque no se imaginan que les quitaron la tapa. Ese es el mismo problema en un sistema machista. Ni tú ni Leandra tienen el problema de las pulgas limitadas, Zoé, que te quede bien claro que ustedes saltan tan alto como quieran porque si hay una tapa en el frasco esa la quitan ustedes.

A pesar de los cinco años que trabajé en el periódico, mi mamá se refirió siempre a mi jefe como Don Editor. Nunca le perdonó ese primer acercamiento conmigo. De la cantidad de solicitudes que hubo para la universidad ese año, aceptaron a ochenta estudiantes, de los cuales diez tenían derecho a una beca. Fue un logro importante para mí entrar a comunicación con una de las diez becas, pues además de que precisamente allí quería estudiar y trabajé durante seis meses para tener altas posibilidades de entrar, estudié matemáticas, química y física en horas extras, abriéndome tiempo como podía en el trabajo. Cuando salieron publicados los resultados, mi papá me llamó de su oficina para decirme que estaba muy orgulloso de mí y que me iba a preparar algo, que entonces pensé que era una cena, pero se trataba del Valiant 78. Cuando vi a mi mamá en la casa, me soltó su "no esperaba menos de ti" que hasta ese día me pareció transparente. Era su forma de decirme que eso, hacer lo que yo quería, era precisamente lo que esperaba de mí.

9

Mi abuelo Cosme me dejó de hablar cuando le dije este es mi camino, el camino de Dios es mi camino. Yo curaba a las gentes que me venían a ver y se me empezó a hacer fama de que curaba a las gentes que me venían a ver, se corrió la voz de que yo curaba las enfermedades del cuerpo y del alma y empezaron a venir de los pueblos vecinos y empezaron a venir gentes que hablaban español, luego vinieron gentes que hablaban otras lenguas, empezaron a venir las gentes extranjeras acá a San Felipe, preguntaban por mí, las gentes venían en yeguas, en burros, con machetes se abrían el camino, como podían llegaban las gentes extranjeras con gentes del pueblo que los traían, en ese entonces no había carreteras ni pavimento había, ese lo puso el presidente municipal ya cuando miró que todas las gentes extranjeras venían aquí, quería quedar bien con las gentes extranjeras, el presidente municipal escuchó que vino el banquero gringo porque vio la película que me hicieron y le dijeron ese es hombre poderoso y hasta lo invitaron a su casa. En ese entonces para llegar a mi casa al lado de las milpas había que andarse unas cuatro o cinco horas en yeguas, en burros, a pie en partes, abrirse paso con machete si caían las ramas y las matas con los granizos, igual las gentes vinieron hasta que yo tuve que decirles ven mañana, hijo, ven al otro día, hija, tú ven luego, hijo, pero cómo seremos las gentes que de todas las que venían el que me importaba que dijera Feliciana todo esto que haces está bien, era mi abuelo Cosme que me dijo que lo que yo hacía era oficio de hombres.

Un día se presentó en la puerta de mi casa mi abuelo Cosme y me dijo Feliciana escuché que eres curandera famosa, escuché que tú tienes El Lenguaje y te vengo a dar mi bendición, así era él, se tardaba en decir las cosas pero cuando las decía su puerta estaba bien abierta, era una puerta grande, grande. Mi abuelo Cosme me abrió su puerta dos veces nomás, esa fue la segunda, cuando me casé con Nicanor fue la primera. Yo tenía por ahí de los catorce años cuando me casé con Nicanor, le digo no sé, ni aquí en San Felipe ni en San Juan de los Lagos hacen papeles de las gentes cuando nacen. Cuando tuve a mi primera hija Aniceta, yo ahí vi que mi abuelo Cosme me abrió su puerta la primera vez, porque se guardaba sus rencores, y ahí salieron. Se me apareció mi abuelo Cosme en la puerta con la muñeca de trapo que hice cuando era niña que él le decía Tola y se llamaba María y me dijo Feliciana esto ahora es de tu hija Aniceta, quítasela cuando juegue para que así se enseñe por dónde ir como yo te enseñé a trabajar. Yo supe que así me abrió su puerta mi abuelo Cosme cuando me casé con Nicanor y tuve a mi hija Aniceta. Que sí me quería aunque no lo decía y que me respetaba como curandera lo supe la segunda vez que me abrió su puerta. Mi abuelo Cosme nunca quiso a Paloma, siempre como los golpes las palabras le decía, las gentes querían a Paloma y mi abuelo Cosme era así duro con ella. No le dio las gracias cuando levantó a mi abuela Paz de la enfermedad porque antes le veía las plumas, y si escuchaba que alguien decía algo sobre Paloma él decía que ese se desplumaba al caminar.

Antes de la familia de Nicanor vinieron a la casa tres familias para ver a quién me entregaba mi abuelo Cosme, pero las familias no venían con los muchachos, una no podía ver antes de casarse al esposo, no, no, yo no los conocí a ellos sino conocí a sus familias. La familia de Nicanor era la más numerosa y agradable, tenían chivos, gallinas, unos cerdos, y mi abuelo Cosme cerró el matrimonio y conocí a Nicanor después, unos días antes de nuestro matrimonio en la iglesia del pueblo, y Nicanor me pareció muy serio. Dieron dote de unos cerdos y unos chivos que cuidó mi abuela Paz. Mi abuelo Cosme sacrificó un chivo y mi mamá hizo atole de maíz para las gentes, la familia numerosa de Nicanor llevó el aguardiente y un mole de guajolote. El día de la boda me contó Nicanor que había aprendido a leer y escribir porque lo habían mandado a la escuela comunitaria. La familia de Nicanor puso también la música en la celebración de nuestra boda, la Banda Montes era la tambora de posadas y fiestas de San Felipe que viajaba por los pueblos de la región, pues la Banda Montes animó nuestra boda para el baile porque uno de ellos era pariente de la familia de Nicanor, ya se figura la de bailarines que salieron todos. Paloma no tenía hombres todavía, no se iba de noches todavía ni con hombres que amaba ni con hombres que no amaba, estaba muchacho Gaspar, todavía oficiaba de curandero y se la pasó baile y baile con las mujeres de la familia de Nicanor, a todas les caía bien Gaspar, era muy agradable de trato, muy divertido en las fiestas, y a él lo querían todas las mujeres de la familia de Nicanor, a todas hizo reír y bailar mientras mi abuelo Cosme decía que Gaspar no era de su familia, que era de la familia de mi papá Felisberto, y que con penas era el último que quedaba de los hombres curanderos. En el baile, mi hermana Francisca vino, me dijo Feliciana yo no quiero que me casen, y se la pasó toda la boda callada como tecolote, nomás con los ojos grandes mirando y cuidando a los niños de la familia de Nicanor que eran hartos.

Los primeros días de mi matrimonio con Nicanor yo tenía temor, en parte porque ya no dormía con mi hermana Francisca como antes en el mismo petate, en parte porque a Nicanor le gustaba desayunar pesado y nosotros no estábamos acostumbrados a eso y porque yo no entendí nada cuando se me montó encima la noche de las bodas. Primero me resigné, yo pensé así es la vida de una mujer matrimoniada, pero yo no entendía por qué a las gentes les gustaba montarse unos encima de los otros, eso era algo que me tardé en comprender en mi matrimonio con Nicanor. Yo pensé así es la costumbre de los hombres y las mujeres, hacer esto les gusta a las gentes, yo pensaba, hay que seguir las costumbres de las gentes, y mi hermana Francisca me preguntaba cómo era que Nicanor se montaba encima de mí, y estaba asustada de que ese día de bodas le llegara, me decía que ella no quería que la casara mi abuelo Cosme, porque sí andaba ofreciendo matrimoniarla, en la plaza hablaba de su nieta Francisca con las gentes que ya la conocían por alta y bella. Yo me tardé, y ya luego comprendí por qué los unos se montaban encima de los otros y les daba gusto, me tardé en comprobar que es hasta agradable. Entonces Nicanor era muchacho, no tomaba aguardiente y el día de las bodas con trabajos se tomó el aguardiente que nos trajo su familia, los dos nos tomamos el aguardiente por la fuerza, lo que más nos gustaba era trabajar. Yo entonces no sabía ni tenía manera de saber que Nicanor se iba a entregar así al alcohol después de soldado, al grado de que lo machetearon hasta darle muerte cuando mi hijo Aparicio dio sus primeros pasos.

Los primeros tiempos de matrimonio yo comprobé que me era agradable estar con Nicanor que me casé sin conocer, yo primero conocí a sus parientes, así nos fuimos entendiendo él y yo hasta que vimos que era agradable estar casados. Cuando yo le dije que estaba encinta no le dio ni gusto ni tristeza, como si le hubiera dicho a la tormenta sigue a la mañana que el sol limpia y Nicanor no dijo nada cuando le dije que estaba encinta como si le hubiera dicho ya amaneció Nicanor y él me dijo Feliciana prepárame café endulzado como lo haces, y ese día que le dije Nicanor estoy encinta lo tomó como se tomaba el café que yo le hacía antes de que el sol saliera de su monte.

Cuando me alivié de Aniceta vino mi abuelo Cosme y me abrió su puerta, por ahí vino Gaspar todavía de muchacho y me dijo Feliciana no estoy limpio, yo no puedo curar gentes. Entonces ya las gentes empezaban a ir con Tadeo el tuerto que leía los maíces y se aprovechaba de las gentes diciéndoles lo que querían escuchar, tiraba los siete maíces y les decía el futuro, se aprovechaba de las gentes que creían que veía el futuro porque era tuerto y Gaspar vino a decirme que se había ido de noches con un hombre que tenía familia, un político de la ciudad que tenía hijos y esposa y venía a trabajar con el presidente municipal, él se había ido a la pulquería a levantarse un muchacho para que nadie lo viera de sus gentes conocidas, y ahí estaba Gaspar todavía de muchacho, yo vi que ahí la muerte le puso su huevo a Gaspar la primera vez, antes de que fuera Paloma, ahí le puso su huevo la muerte no porque el hombre político tenía hijos y esposa, sino porque ese hombre iba de pueblo en pueblo levantando muchachos y tenía una enfermedad de la pus que le pasó a Gaspar que era muchacho todavía. Me vino a ver esa vez a decirme que tenía pus en vez de orines, que cómo se la quitaba, me dijo Feliciana ayúdame con tus hierbas benditas. Fuimos al monte a bendecir hierbas que con el tiempo le mejoraron el mal a Gaspar por las noches que se fue con el hombre político. Yo tenía a Aniceta en el rebozo y Gaspar me dijo Feliciana, mi amor, esta niña con esa sonrisa todo lo va a enderezar. Siempre le tuvo preferencia a Aniceta desde que nació, aunque ya luego se llevara con Apolonia, él la quería más, él me venía a ver por la niña, así empezamos a vernos más, venía a la casa, se ponía a trabajar con nosotras. Rápido nació Apolonia y rápido nació Aparicio cuando estaba yo de matrimonio con Nicanor.

En esos tiempos Nicanor se fue con unos revolucionarios a andar con los rifles y los caballos, primero le dieron un plomazo en el brazo con un rifle, luego le dieron al caballo, luego alcanzaron a darle un plomazo en las entrañas. Me mandaba mensajes con gentes y me mandaba monedas para que me hiciera cargo. En ese tiempo falleció mi abuela Paz, y al poco tiempo la alcanzó mi abuelo Cosme. No pudo aguantarse el pesar sin ella, yo miré eso un día de lluvia de granizos. Mi abuelo Cosme se murió porque se fue mi abuela Paz, estaba sano, yo lo vi, estaba sano, la muerte le puso su huevo en el alma, no en el cuerpo, porque así también es la muerte, mi abuelo Cosme se fue al poco de que falleció mi abuela Paz. Al tiempo los alcanzó también mi mamá, se fueron así los tres rápido como el fuego crece con los vientos recios, los tres se fueron en tiempos de lluvias, en los mismos tiempos de lluvias se fueron los tres. A mi hermana Francisca le alivió que mi abuelo Cosme no la dio en matrimonio.

Así hay fallecimientos de compañía, hay quienes se fallecen para seguir a alguien que se les adelantó, ahí es cuando la muerte pone su huevo en el alma de las gentes, ahí es cuando las gentes le piden a la muerte ponme tu huevo, y si no se los da, ahí van a quitárselo como las gentes que se arrebatan las mercas, pero ahí siempre está la muerte para hacer sus trinos. Porque la muerte escucha, así como la vida nos escucha a las gentes. Mi abuelo Cosme dejó de hablar cuando se murió mi abuela Paz, se quedó mudo, se le hundió la boca rápido porque se le fueron las palabras, no quería usar la boca ni para comer y se le hundió como se le duerme un brazo al que no lo usa, así dejó de hablar mi abuelo Cosme como si así dejara de estar en la tierra y un día amaneció frío. Yo no le puedo decir mi abuelo Cosme se murió porque dejó de hablar porque Dios no le dio más palabras, dejó de hablar después de que se murió mi abuela Paz y Dios ya no le dio más palabras, y así vino mi hermana Francisca a decirme el abuelo Cosme se fue con Dios. Y yo ahí la vi aliviada porque mi hermana Francisca no quería que mi abuelo Cosme la diera en matrimonio, él ya había recibido una familia que iba por mi hermana Francisca pero no tenían ganado para la dote, y la otra semana, cuando ya estaba fallecido mi abuelo Cosme, iba a ir otra familia a verlo con dote pero ya no se apersonaron.

Mi mamá tuvo un mal del corazón que la apagó como una vela que de noche se consume mientras todos duermen. Nos quedamos mi hermana Francisca, yo con mis tres hijos Aniceta, Apolonia y Aparicio, y Nicanor que estaba en la guerra con los revolucionarios. Gaspar que todavía no era Paloma venía a ayudarnos con los trabajos.

En ese entonces había soldados del ejército que iban dejando las monedas que ganaban los soldados en las casas, dejaban recados hablados que mandaban los soldados de la guerra a las mujeres en sus casas, a los niños que ahí los esperaban y los pocos que sabían escribir mandaban cartas. Nicanor me mandaba cartas porque él sí sabía escribir y leer, pero yo no sé leer así que me leía el soldado que me llevaba la carta o luego le pedía a alguien que me la leyera otra vez y me la volviera a leer de puro gusto de escuchar lo que me decía Nicanor. Me decía que no me preocupara por él porque todos iban a regresar con bien y todos los soldados iban a regresar muy pronto, pero al poco tiempo tocó la puerta un soldado que llegó a decirme Nicanor se murió en la batalla. Yo lloré, me hice a la idea de que Nicanor había fallecido y cogí valor para decirles a mis hijos nos vamos a despedir de su papá Nicanor, le vamos a hacer una tumba hueca para tener adonde llorarle aunque sea a su nombre que eso no muere, el nombre no tiene horas ni tiene tiempos porque ese es el mismo nombre que se dice a alguien cuando vive y cuando fallece porque El Lenguaje siempre está vivo, le decía a mis hijos Aniceta, Apolonia y Aparicio, así su papá Nicanor siempre va a estar vivo como su nombre que vive en El Lenguaje y yo les dije eso en la noche cuando llegó otro soldado a darme dinero que nos mandaba Nicanor desde la guerra, yo pensé ese es dinero atrasado, un recado que llega después de que falleció Nicanor y me fui con mis tres hijos a buscarle lugar a una cruz de madera al lado de un maguey para poner ahí su nombre en una tumba hueca. Pero otro día llegó un solado a decirme Nicanor está bien y te manda un recado y yo dije qué pasó, yo no entendía si era verdad o era mentira que Nicanor estaba vivo o fallecido, pero yo fui con mis tres hijos a la cruz de madera al lado de maguey con el nombre de Nicanor a clavarla con su nombre para que ahí le fuéramos a rezar y ahí crecieran las hierbas con todas sus memorias, pero no sabía si teníamos que hacer un hueco porque no sabía si ahí teníamos que echarlo muerto o si era nomás para poner su nombre, así que me fui por unas tablas, hice la cruz con un clavo y ahí clavamos su nombre en la tierra. Luego llegó más dinero y yo lloraba porque ya no sabía si estaba vivo o fallecido Nicanor, yo no entendía, le decía a mi hermana Francisca, a Gaspar que todavía no era Paloma, yo no entiendo, pero les dije a mis tres hijos a su padre lo mataron en la guerra, era mejor que creyeran que la muerte le había puesto su huevo a que me creyeran que estaba vivo, cómo me iban a creer mis hijos si les decía ya revivió Nicanor como si fuera Jesucristo, pero Aniceta entendió que yo lloraba porque no sabía qué era verdad y qué era mentira, Aniceta se daba cuenta de lo confundida que estaba yo con las tablas que hice cruz para clavar en la tierra el nombre de Nicanor, sin saber si íbamos a hacer un hueco para enterrar el cuerpo de Nicanor en la tierra donde ya estaba clavado su nombre, y yo les dije a mis tres hijos el nombre de Nicanor en la cruz es todo lo que necesitamos porque no hay horas ni tiempos, El Lenguaje siempre está vivo. Un día llegó otro soldado con dinero y me dijo mataron a Nicanor en la guerra, y lo fuimos a llorar allá en las tablas que hice cruz con un clavo con el nombre de Nicanor clavado en la tierra, esa vez yo sí lloré como niño recién nacido llora en el alivio, lloré a la esperanza de que estuviera vivo y al poco apareció Nicanor borracho en la puerta de la casa. Al principio no lo reconocí, traía los cartuchos y un rifle, tenía bigotes y ropas que lo hacían mirarse otra persona, además de que sudaba ya el aguardiente rancio de días.

Cuando regresó de la guerra su gusto por el aguardiente hizo que nuestro matrimonio se pudriera como se pudre una fruta que nadie recoge de la tierra. Nicanor se volvió muy brusco conmigo y con nuestros tres hijos, mi hermana Francisca no lo podía ver a los ojos, no le podía hablar, y Gaspar que todavía no era Paloma dejó de venir a la casa porque Nicanor era bestia. A Aniceta, Apolonia y Aparicio los comenzó a golpear si algo decían que no le gustaba y al día siguiente les pedía perdón con culpas, a mí me golpeó unas veces y a mi hermana Francisca le quebró una olla porque el atole no le gustó, decía sabía a pura tierra. A Aparicio lo golpeaba con lo que tuviera enfrente. Un chivo lo hizo llorar una vez a Aparicio, traía los labios azules, la cara azul de que no respiraba de tanto llorar porque el chivo lo hizo llorar y Nicanor lo fue a golpearlo, más duro que el chivo lo golpeó porque su hijo Aparicio, su hijo hombre, estaba llorando porque un chivo lo había herido y eso no es de hombres le dijo y le dejó sangrando los labios y le tiró un diente del golpe que le dio, yo luego tuve que detenerle el diente con la mano toda la noche hasta que se le volvió a pegar en la mazorca, cuando salió el sol de su monte ya se le había pegado el diente en la mazorca, lloraba el niño de las dolencias, yo le tallé unas hierbas en el hueco en la mazorca para que le doliera menos y así se lo pegué yo, le detuve el diente hasta que se le enraizó.

Yo me di cuenta de que a Nicanor le empezó a gustar una muchacha y se fue de noches con ella. Yo me di cuenta rápido. Nicanor no se murió en la guerra, lo mataron y lo revivieron muchas veces los recados que me trajeron los soldados, peleó con rifle con los revolucionarios y regresó borracho a San Felipe a irse de noches con la muchacha. Nicanor no se murió entre los hombres que luchan, aunque mi hijo Aparicio eso dice porque para él no hay otro santo que Nicanor, y Nicanor se murió a machetazos que le dio el hermano de la muchacha, Viviana se llama la muchacha que se llevó de noches a una choza allá al fondo de San Felipe. Decían las gentes que la muchacha Viviana se fue de noches por las fuerzas. Pero le voy a decir algo que sólo los tiempos que tengo encima me dejan decirle, si me hubieran dicho antes que se llevó a la choza a la muchacha para montarla por las fuerzas, yo misma le hubiera dado los machezatos a Nicanor, eso es algo que tengo atorado, así atorado aquí lo tengo como suspiro que no sale, que ahí traigo siempre y me quiebra cuando se lo digo porque un hombre así montó a hermana Francisca y yo no pude hacer nada para ayudarla. Yo luego supe lo que pasó con Nicanor y Viviana. No la montó por las fuerzas a Viviana, se fueron de noches, Nicanor no la montó por las fuerzas, pero yo hubiera ido a sacarlo con un machete porque un hombre montó por las fuerzas a mi hermana Francisca.

Mi hermana Francisca me contó, después de que se hizo muchacha que le vino la luna y antes de que yo me casara pasó aquello que yo tiempos después vi en una velada que le hice a mi hermana Francisca después de que recibí El Libro, ese que me había anunciado mi papá antes de fallecer y que Gaspar antes de ser Paloma dijo que iba yo a tener, ahí en una velada vi cuando un desgraciado montó a mi hermana Francisca por las fuerzas y hasta la fecha le digo que yo pude haber matado a ese desgraciado con un machete, porque la furia que queda no serena las memorias. Yo no mato, yo no le hago mal a las gentes, pero le tengo furia al desgraciado y por eso le digo que lo pude haber matado, que Dios me perdone por decirlo. Fue en la milpa de aquí enfrente. Mi hermana Francisca apenas se había hecho muchacha después de su luna y se empezó a orinar en el petate, se orinaba así en el petate por las noches, yo miré eso porque antes de que me casara con Nicanor yo le decía a mi hermana Francisca ya estás grande, orínate afuera donde se orina, qué haces, le decía yo. Aunque de día se orinaba afuera, dormida se hacía. Antes de que Francisca se hiciera muchacha y le llegara la luna ya tenía los pechos como frutas dulces, ella siempre fue más alta que yo, vaya usted a saber por qué si mi mamá era así baja como yo, y mi abuela Paz era todavía más baja que mi mamá, más baja que mi mamá y yo, y mi abuelo Cosme también era bajo, pero él se dio a respetar por las gentes por su forma de ser y por su trato atento porque veía a los ojos a las gentes, se acordaba de las cosas que decían, de todas las gentes se sabía los nombres y lo que le hablaban lo sabía, mi abuelo Cosme era bajo como nosotras y mi hermana Francisca sabe Dios cómo rápido se hizo más alta que nosotros así como en la siembra sobresale un tallo en el maizal por largo que los vientos recios más le menean las hojas, y rápido se hizo cuerpo de muchacha, y los hombres la miraban donde anduviera en el pueblo, de cosas le decían. Yo me acuerdo que Gaspar que todavía no era Paloma le decía Francisca tú eres bella y le pintaba la boca pero mi hermana Francisca se limpiaba rápido la boca con los trapos, no quería que las gentes la vieran así de muchacha. Antes de casarme yo un día vi que mi hermana Francisca se orinaba dormida, la desperté y le dije Francisca tráete trapos para limpiar, ya estás muchacha para estarte orinando las ropas y ella se ponía a llorar y no decía nada, y yo salía por los trapos para que no le fueran a dar varazos en las manos. Hizo eso otras veces y yo me fui a comprar un petate para cambiar el que teníamos para que no le fueran a decir nada, lo cambié sin que los demás se dieran cuenta y así me contó ella lo que pasó esa vez, pero luego yo lo vi cuando le hice una velada.

Un desgraciado le metió por las fuerzas sus dedos cochinos y gordos, a mi hermana Francisca le ardió y no quería estar ahí pero no tenía socorro, tenía sus pechos al aire, el sol estaba duro, blanco y caliente en lo alto, apenas podía hablar porque se quería ir, pero no sabía por qué ese desgraciado le estaba metiendo los dedos cochinos, se quería escapar del desgraciado que le seguía metiendo los dedos partidos del arar, pero no se pudo ir, el desgraciado la tenía agarrada por la fuerza, con los pechos al aire, le sacaba y le metía los dedos, y ya tenía cuerpo de muchacha, pero ella no quería estar con ese desgraciado, y el desgraciado le decía al oído que cuando fuera matrimoniada y gozara dote se lo iba a agradecer porque ya no le hacía falta nada, que lo iba a recordar en su noche de bodas, que cuando fuera casada se iba a acordar de lo grande que la tenía, pero mi hermana Francisca tenía un temor grande, el desgraciado la forzó, le decía varias veces que lo iba a recordar, le decía vas a recordar esto que te estoy haciendo porque nadie te la va a meter así, él fue a metérsela a mi hermana Francisca que le dolía y no quería estar ahí y cuando le metía los dedos con sus uñas de tierra y su alma de bestia hedionda, le agarraba los pechos a mi hermana Francisca que ni ella se los tocaba cuando se bañaba a jicarazos antes de que saliera el sol de su monte para no verse el cuerpo de muchacha, con sus ojos negros y su pelo negro brilloso que se tallaba con zacates para que le brillara, y mientras estaba pasando eso mi hermana Francisca descansó su mente en una imagen que estaba cerca de Cristo en la iglesia del pueblo, una pintura que estaba del lado del Cristo, una virgen blanca de pies blancos entre las nubes, y las nubes parecían estar en movimiento como las que ventean en las tardes despejadas así con los cielos limpios y azules como recién lavados por las aguas, las nubes blancas y gordas como niños bien comidos, gordos de lo bien comidos que están los niños rojos de sus cachetes por la leche que viene de los pechos, porque me dijo Feliciana esas nubes me llevaron a otro lugar. Ahí es donde estaba protegida con ese olor de las flores blancas de la iglesia del pueblo, y sentía el piso frío y la sombra en los días de calor en la iglesia del pueblo, mi hermana Francisca veía a la virgen como si ella pisara esas nubes blancas y bien nutridas como niños bien comidos, rojos de sus cachetes por la leche que viene de los pechos, las nubes huelen a leche como niños recién nacidos, y pensaba qué se sentían los pies entre las nubes blancas y suaves, más ligeras que los aires y le dieron paz a mi hermana Francisca que olía la leche a la que huelen los niños recién nacidos, mientras el desgraciado le lamía los pechos como si fueran sus frutos hasta que le chorreó el pulque rancio de su alma hedionda que le derramó en los pechos.

Hay desgraciados, esos desgraciados no tienen nombre, hay desgraciados en la Biblia, hay desgraciados en los pueblos, hay desgraciados en todas las lenguas y en todos los tiempos hay desgraciados y las mujeres seguirán alumbrando desgraciados, pero para mí ninguno de ellos tiene nombre ni va a tener nombre nunca porque todos tienen el nombre de su crimen. Mi hermana Francisca es una mujer con el alma limpia y callada desde el día que nació hasta ahora. Yo no sería Feliciana si no tuviera a mi hermana Francisca, así como usted no sería quien es sin su hermana Leandra. Las hermanas son lo que no tenemos, ellas son lo que no somos y nosotras somos lo que ellas no son.

Nicanor no montó a Viviana por las fuerzas. Algunos años después vino un día Apolonia a decirme que Viviana estaba encinta de su esposo, tuvo cuatro hijos con su esposo, Aniceta y Apolonia le guardaban resentimiento a Nicanor porque habían escuchado en el pueblo que decían las gentes que su papá era borracho y se había ido de noches con Viviana, yo les decía Nicanor les dio la vida, no le guarden rencores. Porque nada nace de semillas quemadas, hijas, menos nacen flores si el nombre de su papá está quemado. Usted tiene un esposo y un hijo, y me entiende. Yo les decía a mis hijos no le guarden rencores, Nicanor les dio la vida, vayan adonde está enterrado con la cruz que yo le hice con un clavo para clavar su nombre en la tierra, vayan a rezarle al nombre de su papá Nicanor, vayan a las tablas a compartir sus penas y sus alegrías porque él les dio la vida. Un día Viviana me vino a ver porque tenía una prima con una dolencia del hígado, Viviana me dijo que conoció otros hombres antes que Nicanor y que ella había querido irse con Nicanor, que se habían ido de noches porque ella quería, que no la había montado por las fuerzas, pero su hermano mató a machetazos a Nicanor, se había ido a matarlo pensando que su hermana no quería estar ahí, que estaba por las fuerzas, y ella sentía culpas conmigo y quería decirme eso y que curara a su prima de la dolencia que la aquejaba del hígado. Yo ayudé a la prima de Viviana, yo la curé del hígado a su prima y yo le digo todo lo que alumbra el sol clarea en esta tierra, y Viviana me dijo que ella había llevado a Nicanor borracho a su casa, que su hermano no sabía que ella conocía de noches con los hombres y Nicanor tuvo la mala suerte de ser el primero del que supo su hermano, el muchacho pensó que Nicanor la montó por las fuerzas.

10

Feliciana supo sin que le dijera nada. Un pendejo abusó de Leandra a los dieciséis años. Hacía poco
que había fallecido mi papá, mi mamá se quedaba
horas extras en la administración universitaria y
cuando volvía a la casa prendía la televisión y allí se
quedaba hasta que la vencía el sueño. Su tempera-
mento no era ni nunca había sido depresivo. Luego
de que murió mi papá no se hundió en un sillón a
llorar, pero durante ese tiempo vio documentales
absorta en lo que pasaba en la pantalla. Cuanto
más lejano y distante lo que ocurriera en el documental más se enganchaba. Mi mamá no buscaba
ficción, buscaba realidad, pero una muy lejana a la
suya. Cuando fue el primer cumpleaños de mi papá
después de que falleció, dos meses y medio después,
mi mamá nos dijo en la cocina, mientras Leandra y
yo hacíamos quesadillas, que no imaginábamos
todo lo que pasaba en el universo en expansión y
nos habló con detalle de cómo, a su parecer, podían
medirse los hoyos negros. Era el cumpleaños de mi
papá, pero ninguna de las tres pudo verbalizarlo.
Mi madre empezó a seguir una serie en torno al
espacio, la vía láctea, la galaxia, la física y sus grandes preguntas filosóficas, y una vez vi que en la pantalla de su computadora en el escritorio que tenía

en su oficina había cambiado una foto que tenía de los cuatro en un viaje que hicimos a la playa por un astronauta flotando en el espacio, que era, creo, su mejor autorretrato en ese momento.

La hermana mayor de una de las amigas de Leandra de la preparatoria abierta, la cuarta escuela a la que fue, era dentista. Era una mujer de veintinueve años, alegre, dicharachera con unos hoyuelos en los cachetes y una forma de hablar que me parecía acogedora, casi siempre tenía conversación en torno a algún tema del día, entre más pop la noticia más se involucraba y más risa le daba, y siempre me sentí muy a gusto en su presencia las veces que fui al consultorio a dejar o a esperar a mi hermana. Una vez Leandra fue a comer a casa de su amiga y comentó que quería buscar un trabajo. La hermana le propuso que fuera de prueba quince días, coincidió con que estaba buscando una asistente. No tenía idea de enfermería ni de odontología, pero el chico que llevaba la agenda del consultorio y hacía el trabajo de escritorio había renunciado unos días antes. Ese fue el primer trabajo de Leandra, y eso era lo más cercano que podía acercarse a la medicina, porque le impresionaba la sangre, paradójicamente, porque era capaz de lanzar una granada si algo no le parecía, como cuando provocó el incendio en la escuela, pero no podía ver sangre. La noticia del incendio me impactó, pero no me sorprendió. Nadie salió herido, no llegó a los noticieros, pero el alboroto expandió el rumor pronto a otras escuelas, a los compañeros de trabajo de mis papás, a las escuelas de mis primos. El fuego era un mensaje dirigido, y ella era la misma persona que se ponía pálida si se cortaba un dedo partiendo un limón.

Leandra alternaba una bata con unas muelas sonrientes con brackets, y una bata de globos en diferentes tonos de azul sobre un fondo azul pálido. Solían contrastar con su personalidad y su forma de vestir que estaba en contra de los uniformes y las grandes marcas. Durante los meses que siguieron a la muerte de mi papá, Leandra comenzó a perder peso como un jabón que se desgastaba de a poco. De ser una adolescente con curvas, enflacó en cuestión de semanas. De las tres, Leandra era quien más estaba en contacto con la pérdida: lloraba, explotaba por cualquier cosa, de pronto no nos hablaba a mi mamá ni a mí, era impredecible el ánimo con el que amanecería. Leandra planeaba en todas las direcciones según sus aires, pero, sobre todo, estaba enojada. Compartía con quien tuviera enfrente lo que recordaba de mi papá, lo recordaba en voz alta y era la única que decía lo que pensaba al instante. En otras palabras, de las tres, Leandra era la que tenía el mejor aparato digestivo.

Es curioso cómo se tiran las cartas en una familia, cambian los actores pero se juegan los mismos roles. Mi madre que siempre había sido la más expresiva, en ese tiempo se guardó dentro de su caparazón, y Leandra, que siempre fue más cerrada, más sarcástica, tomó el papel de la sinceridad extrema y la verborrea. Mi madre y yo nos escudamos en el trabajo. Yo me entregué a la sobrecarga de trabajo en la universidad, a la oficina como asistente en el periódico: a la negación, por supuesto.

Un viernes Leandra iría a una fiesta, me había contado cuando nos cruzamos en el baño esa mañana. Revisaba unas correcciones que mi jefe había hecho a mano cuando me llamó mi mamá al celular para decirme que pasaba por mí. Le dije que no podía, que estaba en el trabajo aún, su tono de voz me inquietó, me dijo que estaba por mí en quince minutos para que la llevara a casa de Fernando, el amigo de Leandra. Recién había conocido a un compañero de trabajo que había entrado hacía poco, se llamaba Julián, tenía una patineta y un espacio entre los dientes frontales. Le llamé un par de veces a mi hermana, pero tenía el celular apagado. Mi mamá tampoco contestaba. Había hablado poco con Julián, me caía bien. Me sentí con la confianza de decirle que creía que había algo urgente con mi hermana, no me preguntó qué y me dijo que no me preocupara por el trabajo.

Llegamos a casa de Fernando. Mi mamá se pegó al timbre hasta que le contestó y le dijo a mi mamá que Leandra no estaba allí, pero ella volvió a insistir. Antes de que le volviera a contestar, un vecino abrió la puerta, mi mamá consiguió entrar y salió luego de unos minutos con Leandra muy borracha. Cuando mi hermana se subió al coche empezó a llorar, dijo que se sentía mal. Me pasé al asiento de atrás con ella, abrí la puerta, le recogí el pelo con las manos y vomitó. Llegamos a la casa luego de dos paradas en las que me bajé a recogerle el pelo a mi hermana. Mi mamá no dijo una palabra. La conocí en un estado de alta adrenalina. Hasta entonces yo pensaba que habíamos recogido a Leandra de una borrachera épica, pensé que tal vez ellas habían hablado, pero al poco supe que mi mamá había tenido un impulso de recogerla en ese momento. Leandra estaba muy borracha, tenía el celular sin batería, y no había podido confirmarle la dirección de Fernando. Yo la había llevado un par de veces y sabía cómo llegar. Mi hermana no podía hilar frases un tanto más por su estado de ánimo que por el alcohol. Pensé que algo sabían que yo no, y le pedí a mi mamá que me dijera qué pasaba. Que te cuente tu hermana, hija, me dijo muy segura, abriendo la puerta del coche, y por primera vez en su luto, entró a la casa sin prender la televisión en el canal de documentales, se metió a su cuarto, escuché que prendía el radio en la misma estación de noticias que no había vuelto a escuchar en la casa desde que había fallecido mi papá. Llevé a mi hermana a acostarse, me senté al borde de su cama, le quité el fleco sobre la cara, tenía la frente sudada.

Me dijo que sólo había tomado una cerveza y un mezcal y le había dado sueño. Iban a ir a una fiesta después, pero se había quedado dormida. Sólo estaban ellos dos. A Leandra le pareció extraño sentirse cansada con dos tragos, se recostó cuando sintió que una mano le acariciaba la espalda. Ella le pidió a Fernando que la dejara dormir un rato, se sentía mareada, tenía ganas de ir a la fiesta, pensó que con una siesta corta podía reponerse. También estaba algo desorientada, no entendía bien por qué se sentía así de cansada, por qué carajos le estaba acariciando la espalda, pensó que algo le había caído mal en la comida, pensó que tal vez tenía las defensas bajas por haber bajado de peso. Mi hermana le pidió que no la tocara, pero no él le hizo caso, la abrazó por detrás, le dio besos en la nuca, le acarició los pechos encima de la camiseta y trató de quitársela; ella, cansada y con dificultades, le pidió que, por favor, parara. Él le acarició los pezones por encima de la camiseta, ella con poca fuerza le quitó las manos y le pidió que no se confundiera, que necesitaba dormir un poco, que no quería nada con él. Él la molestaba, le decía que ella se había acostado en la cama, luego de un rato le dijo que seguramente era virgen al tiempo que la trataba de abrazar por la espalda. Ella le pidió que la dejara de tocar; él le dijo que eso no estaba fácil porque él sabía que le gustaba. Mi hermana sintió náuseas, pero el cuerpo le pesaba. Creía que había dormido unos minutos cuando sintió una erección en una pierna, y se apartó. Leandra traía falda. En un movimiento él le movió los calzones y ella sintió la erección entre las nalgas. De golpe, fue al baño. Él desde la cama le decía que esa era la prueba de que era virgen. Leandra con la energía que no sabía bien de dónde le venía, se encerró en el baño con llave. Fernando la siguió jodiendo. Leandra se quedó encerrada en el baño un rato, en el piso. Supone que Fernando se estaba masturbando por las cosas que decía cuando sonó el timbre y entendió que era mi mamá.

Mi hermana no pensaba salir de ese baño. Sabía que Fernando terminaría por hartarse y se iría a la fiesta. Sabía que si dejaba el departamento cerrado, podía saltarse por una ventana en la cocina y salir por unas escaleras de caracol que daban al estacionamiento. Pero tenía miedo. Al otro lado de la puerta, el pendejo de Fernando la siguió jodiendo con que era virgen, que se vestía de negro como las monjas, que se vestía raro. Le decía Estás muy buena para vestirte así de pinche raro, de la que te estás perdiendo, pendeja, le decía, mientras mi hermana desde el baño se preguntaba qué carajos le había echado al mezcal. El cuerpo le pesaba, tenía la visión borrosa.

Cuando le pregunté a mi mamá qué había pasado, me dijo que había sentido un impulso. Por la hora, había calculado que aún estarían en casa de ese idiota. Mi madre estaba furiosa, y desde que había muerto mi papá, era la primera vez que la vi presente como un meteorito incrustado en la tierra. Yo creo que cayó del espacio cuando puso en su lugar al pendejo de Fernando y sacó a Leandra de allí. Mi mamá le sugirió a Leandra que levantara una denuncia de abuso. Leandra no quiso.

Esa madrugada durmió, se despertó dos veces; siguieron algunas noches de insomnio, dos ataques de ansiedad, le incomodaba quedarse encerrada en un elevador, en un coche, en algún espacio chico, en las fiestas buscaba las salidas, y alguna vez me dijo que la idea de un estudio de resonancia magnética le parecía la peor película de terror. Esa noche me despertó, tiró algo, alguna cosa que se paró a buscar, me dijo que si alguna vez me había preguntado cómo era que mi mamá tenía intuición, de dónde venía. Me contó que mi papá le había dicho que una vez, a la mitad de la noche, mi mamá le dijo que su tío acababa de morir en un accidente en la carretera a Cuernavaca. No había celulares. Mi papá, sobresaltado, llamó a casa de su tía para saber cómo estaban, le dijo que su tío había salido en carretera. Poco después, le habló su prima para decirle que él, su tío, había muerto en la carretera a Cuernavaca. Otra vez a mí me contó que no había ultrasonido cuando nacimos Leandra y yo, y que pasó algunos meses pensando que yo iba a ser niño cuando una noche soñó conmigo: "Te encontraba en una banca en un parque con la cara llena de lodo, te limpiaba. En mi sueño eras idéntica a como fuiste a los dos años y me daba cuenta de que eras mi hija, desperté a tu papá y le dije va a ser niña y vieras cuánto se parece físicamente a ti".

La mañana siguiente mi mamá quitaba hojas secas de las macetas en la sala, algo que normalmente hacía yo. Leandra tenía hambre, abría recipientes para ver si algo se le antojaba de lo que había quedado en la semana. Le pregunté a mi mamá cómo había tenido ese impulso, esa claridad de ir a casa de ese pendejo, y Leandra le contó lo que mi papá le había contado.

—Ya sé por dónde esto —dijo guardando hojas secas en una pequeña bolsa de plástico—, todas las mujeres nacemos con algo de brujas para defendernos.

—Pero fuimos por Leandra, mamá.

—¿Y quién dijo es defenderse sólo a ti misma, hija? Aunque, no sé, cuando vi lo de tu tío me asusté mucho y no estaba defendiendo a nadie, así que no tengo una teoría, lo único que te puedo decir es que yo sentí algo. La vez que pasó lo del tío de tu papá tan sólo tuve ese presentimiento, fue muy claro, y se lo dije para que llamara a preguntar por él, para ver si estaba bien. Pero por desgracia vi su muerte.

—¿Cómo ves eso?

Leandra no quería hablar más de lo que había pasado la noche anterior, y mi mamá, en esta conversación nos daba a entender que ella iría al ritmo que mi hermana marcara.

—No sé, de la misma forma en la que se te aparecen ciertos pensamientos sin que los controles, es una claridad de la que no dudas.

—¿Y qué fue exactamente lo que sentiste ayer, mamá? —le preguntó Leandra.

Eso, un impulso, Lea. Vi la hora y supe que no habían salido todavía, sabía que tu hermana te había dejado allí, por eso la llamé para pasar por ti.

Mi mamá no quería entrar en detalles, quería que Leandra se sintiera cómoda de decir lo que quisiera cuando quisiera, pero quería sondear dónde estaba en ese momento.

—Tuve un impulso como yo creo que cualquier mamá lo tiene cuando su cachorra está en peligro.

Esa tarde salimos Leandra y yo a comer juntas como hacía tiempo no pasaba. Fuimos a comer tacos, Leandra comió más que yo. Me pareció una reacción vital. Caminamos por una calle en la que había varias tiendas, un expendio, una miscelánea, un par de tiendas de ropa, una tienda de ortopedias como paralizada en los setenta, y varias más. Leandra se detuvo delante de una tienda de discos, comentamos algunas de las portadas exhibidas. Solía detenerse donde había algún diseño, algún color que le parecía llamativo, tenía información sobre quién había hecho algunas portadas. Mi hermana compraba discos por las portadas, cosa que yo nunca había hecho, y diría que su gusto musical tenía mucho que ver con lo visual. Leandra sabía de ilustradores, fotógrafos y artistas que se involucraban en las portadas, y yo lo poco que sabía era por ella. A mí las portadas nunca me llamaron la atención ni me importaba tener los discos físicamente.

Eso también se notaba en nuestra forma de vestir. Leandra tuvo una postura desde muy chica. En ese tiempo vestía casi siempre de negro —jeans negros, faldas negras, camiseta o suéter de algodón de cuello redondo negro y botas negras—. Tenía unas cinco bolsas hechas a mano en distintas comunidades. Me acuerdo de una bolsa wayuu de colores fosforescentes que una compañera de trabajo de mi mamá le había traído de Colombia luego de una larga plática que tuvieron en la casa sobre las cosas hechas a mano, y un bolso de lana cruda tejido por una comunidad de mujeres zapatistas. Tenía algunas prendas extrañas que ella portaba con actitud, como una túnica gris que tenía el corte de una enorme bolsa de basura que se ponía con un cinturón negro; tenía una bata china desde hacía tiempo que le gustaba usar un blusón africano que había comprado a un vendedor ambulante en el centro, una falda oaxaqueña amarilla que usaba como vestido corto, y la verdad es que podría haberse puesto una toalla o una cortina con ese cinturón negro con el que le daba forma a lo que se pusiera, porque Leandra portaba lo que fuera con seguridad.

Hacía comentarios en contra de las tiendas transnacionales, los enormes monopolios que tenían a sus trabajadores en condiciones laborales precarias e infrahumanas. No compraba nada en las cadenas, y si mi mamá o yo lo hacíamos, teníamos asegurada una larga perorata de Leandra hablando de cómo trataban a los trabajadores es esos sitios, a los niños y adolescentes en los barcos haciendo ropa en serie. Mi papá no se interesaba en la ropa, y de cualquier forma Leandra le guardaba distancia. Él nunca se ganó ningún sermón sobre la ropa, pero yo le contaba y él respetaba la postura de mi hermana, aunque le parecía radical. No era raro que alguien le preguntara dónde se había comprado algo, pues solía conseguirla en lugares poco comunes entre adolescentes. Aunque fuera un suéter negro de algodón, era muy probable que Leandra hubiera comprado bolas de estambre y hubiera pagado una cantidad justa a un club de tejido de mujeres mayores para que se lo hicieran a su medida. Yo me fijaba poco en la ropa, me gustaban los colores claros, neutros, y si veía algo en una tienda y podía hacerlo, lo compraba, pero no era algo que me interesara. A Leandra, como a mi mamá, les gustaba arreglarse, yo no hubiera tenido problema en usar uniforme, y creo que mi papá de alguna forma se había hecho su propio uniforme con dos o tres variantes cromáticas.

Leandra se vestía predominantemente de negro a los dieciséis años. Desde siempre le gustaron las figuras geométricas, las bolsas hechas a mano. Le gustaban mucho los colores llamativos de lipstick y casi siempre traía los labios pintados como mi mamá. Como a los siete le gustaban mucho las plumas de colores: tenía una colección de hojas membretadas de distintos tamaños que había empezado en las oficinas de mis papás. Aunque las coleccionaba, no le gustaba escribir cartas, ni escribir en general, y sus cuadernos escolares le servían para iluminar figuras geométricas. Le gustaban las estampas pequeñas de animales, sobre todo las de gatos. A los siete años decía que si fuera animal habría sido gato, y se reía diciendo que yo habría sido perro. De niña le encantaban las papelerías, le fascinaba el olor a los cuadernos nuevos forrados con plástico aunque le aburría todo lo que tenían adentro y la razón por la que existían los cuadernos, y de paso, las escuelas y el sistema educativo. Un día, ya en la cuarta escuela a la que entró, me dijo El problema, Zoé, no es Jesucristo, todo OK con él; el problema son los cristianos —me decía la misma que me suplicó que hiciéramos la primera comunión—, lo mismo pasa con las escuelas, no es la educación el problema, son los maestros que nos tratan como descerebrados.

Alguna vez, como a los catorce años, me dijo muy segura que un día se tatuaría en cuanto pudiera, pues mi padre nos había pedido que no lo hiciéramos hasta cumplir dieciocho años. Su primer tatuaje fueron tres rectángulos con los colores primarios, en su cumpleaños dieciocho, y cuando le pregunté si su tatuaje significaba algo me dijo ¿Pero por qué los tatuajes tienen que significar algo? Se ve chingón, ¿no?

Por ahí de los quince años a Leandra le encantaba ver toda clase de formas, colores y se quedaba tiempo mirándolas y pensaba que algún día ella misma podría diseñar algo. Los libros no le interesaban nada. Alguna vez abrió uno en una librería, leyó la primera página en voz alta y me dijo Yo no entiendo por qué te gusta esto, hermana, ¿quién chingados habla así? En los museos, entre más abstractas e interesantes las composiciones de color, más le interesaban. Si se trataba de una imagen que se sostenía del hilo de alguna anécdota, Leandra cortaba ese hilo con una frase cuchillo. De hecho, le encantaba cortar argumentos como cortando los hilos de los títeres en el teatro, y ese era, en parte, el problema que solía tener con la autoridad. La imagen y sólo la imagen era lo que le interesaba. A mí me pasaba al revés, a veces la pasaba leyendo las fichas en los museos un tanto más que mirando las imágenes. Como dice Feliciana, las hermanas son todo lo que no somos. Cuando aquel día entramos a la tienda de discos me preguntó si creía que ella algún día iba a diseñar o hacer algo que un desconocido mirara casualmente en una tienda como nosotras en ese momento, que además le gustara y lo comentara con la persona con quien iba.

Poco después de cumplir quince años se rapó. Fue a una peluquería, pidió el corte de soldado. Cuando mi mamá la vio le dijo que no importaba cómo se cortara el pelo, ella se veía igual de bien siempre. Mi papá lo sintió como una agresión, un enojo contra el mundo, pero apenas me comentó algo semanas después de que el pelo le había crecido un poco. Leandra se dio cuenta de que mi papá se guardaba su opinión, y tranquilamente le dijo una noche en el garaje mientras aceitaba una pieza de un coche bajo una lamparita, que el pelo largo no tenía por qué asociarse con lo femenino, que había otras formas. Mi papá le dio un beso, le dijo que ella podía hacer lo que quisiera. Ellos se comunicaban menos, pero tenían una buena conexión silenciosa, como dos caracoles.

A Leandra, como a mi papá, le gustaban los espacios más que las cosas. Odiaba comprar en tiendas, tenía sus opiniones en contra del capitalismo, y a veces era como salir a la calle con un predicador que no le paraba el pico y era mejor dejarla en casa. Pero cuando entraba le interesaba cómo estaban dispuestas las cosas en los aparadores un tanto más que las cosas que vendían. Le gustaban las cafeterías viejas, los edificios antiguos, los puestos de flores y frutas, ahí sí pasaba tiempo aunque no comprara, entablaba pequeñas conversaciones amables con la gente, tenía el don de gente de mi mamá y la mano izquierda de mi papá. En contraste con lo tajante, cortante y sincera que podía ser si algo no le parecía justo. A Leandra no le gustaba presenciar ningún desplante déspota, no le gustaba presenciar tratos clasistas, racistas, xenófobos, ningún gesto que pusiera a alguien en desventaja o que fuera opresor. Ese era el camino que llevaba a su lado más violento, ese camino, esa rabia que la llevó a los trece años a provocar el incendio en la tercera escuela de la que la corrieron.

Leandra tenía un historial de mala conducta, y aunque parecía que era una adolescente al borde del colapso, algo en el fondo de su forma de ser, creo, le daba a mis papás la seguridad de que encontraría su lugar. Como le gustaban las figuras geométricas empezó a tomar una serie de fotografías de las formas que encontraba en las calles con una cámara que mi papá le regaló luego del incendio. También le gustaba ver cómo limpiaban la calle. Cerca de donde vivíamos había una mujer que todas las mañanas limpiaba la banqueta en la puerta de su casa con un radio a buen volumen, limpiaba apasionadamente, cantaba y trapeaba con una cubeta de agua al lado. Una vez le tomó una serie de fotos, y una vez me dijo Fíjate, hermana, en las formas que hace en el piso con los círculos de agua según la música que pone en el radio. Leandra siempre tenía amigos, hacía amigos adonde fuera. Me acuerdo una vez que se bajó del coche a comprar café y regresó diciendo que esa noche teníamos una fiesta, que la persona detrás de ella en la fila la había invitado a una fiesta esa noche. De las dos, Leandra fue la que siempre tuvo y ha tenido un grupo grande de amigos, no importaba que durara cinco minutos en una escuela, le bastaban para salir de allí con planes y la garantía de invitaciones futuras, pero a sus trece años, luego del incendio, empezó a pasar más tiempo con la cámara analógica que le regaló mi papá.

Leandra odia sus cumpleaños. A la fecha la escucho pedir que no la feliciten, no le gustan los pasteles, aborrece "Las mañanitas", dice que el "Happy Birthday" nos ridiculiza como especie. Empezó a odiar las fiestas de cumpleaños por ahí de los diez, once años. Le parecen cursis. Suele mentir, desplaza su fecha de cumpleaños dos, tres días para que si alguien la felicita, lo haga sin puntería. En las fotos que mi mamá tomaba en los festejos, Leandra aparece como llevada a la foto por la fuerza, como mi papá que detestaba que le tomaran fotos. Prefería tomarlas él, como Leandra.

El cine negro y los periódicos amarillistas me interesaban. A Leandra las películas de horror le daban risa. Pero en la realidad, éramos opuestas en la vida diaria. A Leandra le daba asco la sangre y a mí me asustan fácilmente. No era pudorosa, yo sí. Si algo le daba orgullo era su cuerpo, ya fuera con sobrepeso cuando niña o de adolescente; yo crucé la adolescencia con pudor. Leandra cagaba con la puerta abierta y si al pasar por ahí le hacía algún comentario me regañaba por haber pasado por ahí. Por ese tiempo, cuando perdió peso de golpe, se desmayó una vez. No estaba con ella cuando ocurrió, pero la fortaleza que tenía, por alguna razón parecía no cuadrar con la debilidad física ni con la vulnerabilidad, y en eso se parecía a mi papá. A pesar de lo que pasó, Leandra le dio buena cara al mal episodio con el imbécil de Fernando. Al día siguiente que nos fuimos a comer tacos y a deambular por las calles, me hizo saber con su actitud que era su deseo salir fortalecida.

Esa tarde que caminamos sin rumbo, me iba contando algo sobre un edificio enorme sobre

Insurgentes grafiteado, sucio, abandonado, con los vidrios rotos; decía que era un pájaro grande de alas cortas, un edificio estorbo entre todos los otros útiles. Pero eso pasa hasta en las mejores familias, Zoé. A Leandra le gustaban los edificios antiguos, las fachadas percudidas, las ventanas sucias, las puertas maltratadas, las herrerías carcomidas por el tiempo. Le gustaban los edificios setenteros del D.F. Los mosaicos de colores como puestos con patrón en un aparente caos en los lobbies, las puertas metálicas, la herrería, los ventanales enormes de los departamentos amplios, el sol de la tarde abriéndose espacio ente las cortinas. Leandra me dijo que le daba mucha curiosidad la ciudad en la que nuestros padres habían sido jóvenes. Unos días después de aquel episodio, empezó una serie de fotos de edificios setenteros, tal vez como un modo de acercarse a mi papá. Después de todo, él le había regalado la cámara, él se había dado cuenta de algo antes que ella.

Mi papá tomaba fotos de cosas, casas, lugares, de coches abandonados, de puentes, pero casi de ninguna persona. Si alguna persona aparecía en las fotografías era más como un accidente, algo inevitable, del mismo modo en que algún árbol o un montón de ladrillos podrían colarse en la imagen en otros álbumes familiares. En nuestros álbumes teníamos fotos de espacios que tomaba mi papá, y las fotos donde aparecía gente que eran las pocas que mi mamá había tomado o algunas polaroids que solía comprarle a los fotógrafos en los eventos. En ese sentido, el tipo de fotos que les gustaban era una traducción de la forma de ser de mi papá y de mi mamá. Para ella si no aparecía gente sonriendo en la foto, había que repetirla, abrazarse, salir todos.

Leandra empezó esa serie de fotografías de edificios de los setenta porque les encontraba cierta lógica, porque se imaginaba que mi papá había caminado por ahí. Encontró los que le parecía que le hubieran gustado a mi papá tanto como a ella, como un juego con servilletas y popotes que se inventa un niño para divertirse en una mesa de adultos. Tomó varias fotos. Porterías sin portero, espacios en los que tal vez décadas atrás había un escritorio, una silla y una pequeña televisión en blanco y negro mal sintonizada. Entradas con plantas de tela y alguna persona pasando por ahí. A la fecha esos edificios setenteros me hacen pensar más en Leandra que en mi papá; mejor dicho, en cómo veía Leandra a mi papá.

Entre la preparatoria abierta a la que entró, el trabajo como asistente de la dentista con las batas que la hacían verse como otra persona, tomaba esas fotos, las revelaba, y a veces me preguntaba qué me parecían. No sabía si le intrigaba lo que pasaba dentro de esas estancias, detrás de esas cortinas a medio cerrar, detrás las ventanas, que era lo que a mí más curiosidad me daba. Me dijo que nunca había pensado en eso. Y creo que esa era una de las cosas que nos hacía distintas de adolescentes y nos sigue diferenciando ahora.

Estas son algunas de las cosas que le gustaban a Leandra. No le gustaban, en cambio, las casas ochenteras con fachadas de tirol, los edificios modernos tipo cajas blancas de zapatos, los bancos y las farmacias porque le parecían visualmente horribles. Cualquier espacio que mostrara despilfarro, que fuera ostentoso o se jactara de lujos, a Leandra le parecía despreciable. Había una farmacia antigua en el centro a la que de vez en cuando iba por frascos de vidrio marrón de varios tamaños como los que se usaban en las boticas, y así diferenciaba sus cosas de las mías en el baño que compartíamos. Desde hacía un siglo, esa farmacia tenía el mismo sistema de fichas para levantar órdenes y había largas filas para pagar. Le gustaba que vendían esencias y aceites naturales, y otras bases como glicerina y alcohol con los que ella misma hacía sus mascarillas, jabones, perfumes y shampoo. Una vez que le pregunté cómo había hecho un perfume delicioso, muy sonriente me dijo Que se jodan las empresas, hermana, no vamos a oler igual todas, que sepan que no somos maniquíes en serie, ¿a quién se le ocurrió esa jodida idea?

No le gustaban, nunca le gustaron, las primeras planas de los periódicos amarillistas en las que solía haber un muerto escurriendo sangre bajo un titular ingenioso, no le gustaba que hablaran de algún accidente aparatoso, y le afectaba si alguien entraba en detalles sobre enfermedades o accidentes que involucraban sangre. Cuando alcanzamos a mi papá y a mi mamá en el hospital, antes del segundo paro cardiaco que se lo llevó, una enfermera dejó colgando uno de los tubos de plástico blando, un líquido amarillento cayó al piso, no era claro si eran fluidos de mi papá o si era algún medicamento, pero Leandra salió un momento, estaba muy ansiosa. Leandra odiaba la sangre. Comer embutidos era algo que mi papá me enseñó, algo que compartíamos, y me llena de gusto ver cómo Félix se lleva a la boca pedazos de chorizo, como mi papá disfrutaba hacer comida al carbón los domingos, y estoy segura de que, de estar aquí, los compartiría contento con su nieto.

De niña a Leandra no le gustaban las ratas, le daban miedo. Mientras era capaz de hacer una bomba molotov en el baño de la casa para defender una idea, una rata la desarmaba. No podía ver una, pero le gustaban las víboras y a los once años pidió de regalo una víbora de agua que a veces liberaba por las tardes en el cuarto cuando yo no estaba porque a mí me daba asco, a pesar de su actitud de serpiente retirada. No le gustaban los roedores ni las cucarachas, pero le fascinaban los movimientos de la serpiente cuando se movía en la alfombra del cuarto, y le divertía ponerle obstáculos que la víbora sorteaba.

De adolescente me gustaba leer historias de terror y el suspenso me entretenía. Leandra no abría un libro por gusto, pero tenía buena memoria con parlamentos de las películas que le gustaban. Alguna vez me recitó de memoria el famoso parlamento de la adolescente poseída en *El exorcista*, y le daba risa, lo decía como si ella misma estuviera poseída, le divertía mucho tener ocasiones para decirlo. Este rasgo de la memoria prodigiosa de Leandra me sorprende cuando me quiere hablar de algún día en particular del pasado remoto; menciona referencias que tengo borradas, entra en detalles, como por ejemplo, tramas de películas que vimos cuando niñas y de las que yo no recuerdo ni los títulos ni la anécdota ni nada. Pasé por una crisis con Manuel en la que nos separamos unos meses antes de que naciera Félix. Me fui a casa de Leandra a vivir con ella y Tania, su pareja, y lo primero que me dijo tomando cervezas la noche que llegué fue Se me olvida que eres heterosexual, hermana, por eso tienes esos problemas de pareja. Si algo me dejó sorprendida en esas largas conversaciones que tuve con mi hermana fue la libertad que tiene para recordar lo que sea, por insignificante que sea.

Su entrada a las películas de horror fue cuando éramos niñas. En mi casa nadie tenía un interés particular por ese género. A mi papá le gustaban las películas biográficas, históricas, mientras que mi mamá era flexible para ver lo que cualquiera de nosotros quisiera. Una vez en la escuela, varios niños comentaban una película sobre un cementerio de mascotas que Leandra no había visto, y entre todos se alternaron para contarle la historia. Regresó fascinada a decirme cómo los animales reencarnaban satánicos después de que los enterraban en ese cementerio. Y aunque ya había pasado tiempo de eso, cuando la serpiente de agua se perdió, mi papá le dijo que lo más seguro era que estuviera enroscada en algún objeto en nuestro cuarto. Leandra no se le despegó a mi papá hasta que la encontraron enrollada en una de las patas de su cama. Mientras yo tocaba la batería, ella muchas veces se encerraba en el cuarto a dibujar. No sé bien cuándo, pero por ahí de los once años le empezó a gustar un amigo suyo que se llamaba Lalo. Leandra no le dijo nada, pero un día me contó en la noche, de cama a cama, que él iba con sus papás todos los fines de semana a Tepoztlán y que con la hija de uno de sus amigos se apartaban y experimentaban todo lo que Leandra no había pensado que podía pasar entre dos adolescentes. Yo creo que los relatos de su amigo fueron lo que despertó en Leandra algo que ella misma no había sentido hasta entonces, las primeras hormonas a punto de ebullir.

La mañana siguiente, mientras nos lavábamos los dientes, aún con pasta de dientes en la boca me dijo Y no te dije todo, hermana, me dijo que se bañaron juntos, ENCUERADOS, ZOÉ, se bañaron juntos. Sus papás habían salido a comer en parejas, ellos se habían quedado nadando y como no había nadie se habían bañado juntos, SE QUITARON LOS TRAJES DE BAÑO y se BAÑARON, hermana. Y Leandra entonces de once años estaba revolucionada, y yo también.

Sin decirme nada y sin decirle nada a mi papá, había tomado algunas fotos que él tenía en unas cajas blancas, las fotos que había tomado a lo largo de los años, y le había hecho una carta a Lalo en una de las hojas que coleccionaba. Le regalaba el Zippo tornasol que Leandra siempre traía en la mochila. Lalo fumaba y ella estaba segura de que le sería de más a utilidad a él. Recibió la carta y le dejó de hablar a Leandra. Un día alguien le contó que él se había burlado de ella por haber hecho un collage de fotos de espacios vacíos que a él le habían parecido brujería, además de que ella le declaraba su amor. A mí sólo me dijo Ya no tengo Zippo ni amigo, hermana, supongo que de esto se trata el amor; uno da todo y el otro, como si nada, se queda con todo. Unos días después, Lalo le regresó la carta y el Zippo tornasol. Esa fue una de las pocas veces que a Leandra le rompieron el corazón. Incluso después del episodio desagradable con el idiota de Fernando, mi hermana encontraba formas de transformar un momento de debilidad en fuerza.

Lalo tenía por ahí catorce años, y Leandra no volvió a buscarlo después de que le regresara el Zippo y la carta. Le llegó el chisme de que él presumía sus conquistas, entre las cuales mi hermana aparecía como una más. Leandra empezó a salir con un vecino que le gustaba, que era atento con ella, que estaba enamorado, pero ella no le hacía mucho caso. Podría decir que mi hermana entendió precozmente cómo quería ser tratada en una relación. Ella tuvo novio mucho antes que yo; mis papás se comportaron de formas anticuadas ante la nueva, cosa que no nos lo esperábamos con su forma de ser abierta. Mi papá a partir de entonces fijó horarios de volver a casa que debíamos atener.

Fue una tarde feliz con Leandra ese día que salimos juntas. Pero se me encogió el estómago cuando noté que se quedó bajo el agua corriendo de la regadera esa noche, tal vez repasando el episodio con el pendejo de Fernando.

11

En las creencias antiguas, la curandera no debe tener trato sexual con los hombres, quienes toman los hongos no deben tener trato sexual durante cinco días antes y cinco días después de la velada, los que así lo quieran pueden darse siete días y siete noches sin trato sexual. Yo no comí hongos durante mi matrimonio con Nicanor porque no quería que Nicanor pensara que era bruja y porque esa condición sexual debe cumplirse fielmente. Al final del primer año que enviudé ya estaba limpia, no tenía esposo ni hombres y me dio un mal en la cadera que dos curanderos no me pudieron aliviar, así que decidí irme al monte entre San Juan de los Lagos y San Felipe adonde me llevó mi papá antes de fallecer, allí mismo adonde iba con mi hermana Francisca a cuidar a los borregos y los chivos, ahí me encontré los mismos hongos que Gaspar, ya Paloma, había acariciado con la suavidad con la que acariciaba las cosas como si fueran flores que hasta se antojaba que a una así la acariciaran porque yo no había visto esa suavidad y menos a la hora de acariciar algo, no diga usted una persona, así como Paloma acarició los hongos para dárselos a mi abuela Paz la velada en que la curó. Cogí con cuidado varios matrimonios de hongos, porque los hongos se comen así en matrimonios, y como en los matrimonios tienen que ser parejas bienqueridas para que uno dé las fuerzas al otro, y los arranqué con suavidad como si fueran dientes de león entre la mata y los traté con cuidado como si se me fueran a desbaratar y esparcir con el viento si no los cogía con suavidad y así acordándome de cómo los había tomado Gaspar, ya Paloma, y les hablé, le pedí a Dios que me ayudara a escogerlos, así los cogí de matrimonios pues sabía que se comían de a dos, y me fui a curar sola en una velada que hice cuando mi hermana Francisca, mi mamá y mis hijos estaban dormidos. Ahí seguía mi mamá con nosotros. Pensé si esta noche me curo sola puedo curar a las gentes, porque así es con todo, primero una, luego las gentes, lo que una puede hacer en las hondas aguas lo puede hacer con las gentes. Y si yo podía hacer algo por las gentes, entonces las bendiciones de mi abuelo Cosme tendrían lugar conmigo y yo daría las bendiciones a las gentes.

Pero entonces yo no me imaginaba que iba a poder dejar de trabajar porque en la casa había hambre y éramos muchas bocas, le enseñé a mis hijos a criar gusanos de seda, como hacíamos mi hermana Francisca y yo con mi abuelo Cosme, y aunque ya habíamos perdido esas mercas, yo sabía que la seda se merca bien desde siempre. Mi mamá y mi hermana Francisca se hacían cargo de la milpa, el café, las calabazas y los frijoles que crecíamos. Yo hacía de todo, pero mi hijo Aparicio tenía chinches en la cola, no se dejaba de mover con nada, tenía chinches en la cola tal vez porque fue el hombre en la familia desde que se murió Nicanor y diga que el niño se da cuenta que viene de una familia de mujeres, porque sí éramos puras mujeres y como chinche el niño de aquí para allá andaba para ver si se escapaba a una familia de hombres, yo creo. Mi hermana Francisca y yo éramos obedientes, curiosas pero obedientes, mi hermana Francisca me seguía adonde iba yo, así adonde iba yo iba ella, pero ella era más tranquila que yo, cuando nació mi hijo Aparicio, desde que nació hinchado, chillando y con pelo hasta en las sentaderas, porque él nació como potro de peludo, yo me di cuenta de que a ese no lo iba a parar con nada, así que cavé un hoyo al lado de la milpa, un hoyo hondo en la tierra cavé al lado de la milpa y allí lo echaba yo para que nos dejara trabajar en paz hasta que tuviera edad de entender que también él tenía que trabajar como nosotras. Ahí le iba yo a echar una tortilla, luego otra si volvía a chillar y sus hermanas lo iban a calmar si no se callaba. Yo hubiera cavado tres hoyos al lado de la milpa si mis hijas no me hubieran dejado trabajar, aunque Aniceta y Apolonia eran más tranquilas así como era mi hermana Francisca cuando eran así chicas. Ya luego Paloma le dio resplandores a Apolonia, pero si algo había en la casa era trabajo, y el trabajo es mucho cuando hay hambre y hay muchas bocas y no podíamos tener el lujo de tener niños inquietos porque los niños inquietos aquí estorban. Yo por eso le digo a mis hijas, los niños de las ciudades están acostumbrados a que les hagan las cosas de su tamaño como si el mundo fuera del tamaño de sus manitas, pero en el campo los niños no tienen otra que hacer sus necesidades en el mismo hoyo que los adultos y sus manos hacen el mismo trabajo que hacen las manos de las gentes porque el mundo de las gentes es de hambre y trabajo.

Mi hija Aniceta empezó a hacer velas de cera pura de abejas que hacía en pares para que los pabilos colgaran de los mecates atados a los clavos que ponía en la casa de un lado al otro, y Apolonia se dedicó a cultivar la seda. Desde que estaba creciendo se veía que Aniceta iba a cambiar el comportar de los hombres, pero ella no se dejaba deslumbrar y le gustaba trabajar, como a mi hermana Francisca. Empezó a hacer velas de cera pura de abejas mi muchacha de todos tamaños en pares para que los pabilos colgaran de los mecates, algunas velas las teñía con las cochinillas y las cortezas de los árboles del barranco, esa mano con los tintes lo sacó de su abuela, yo le decía eso lo sacaste de tu abuela Paz que nos hacía las ropas y los tintes de índigo y cortezas de árbol, tu abuela Paz tenía dos manos derechas para las ropas, así como mi mamá tenía manos para los bordados, mi hija Aniceta hacía unas velas y cirios bellos que pronto le empezaron a comprar en la iglesia, los párrocos, las religiosas y las mujeres con hartas monedas para sus altares y sus rezos. Ella fue la que empezó a aportar en la casa con las velas de cera pura de abejas que hacía de todos los tamaños.

Yo me logré curar de la cadera y supe que sí podía conmigo y podía hacerlo con las gentes, pero todavía no tenía El Libro, todavía no sabía de lo que era capaz El Lenguaje, porque una no sabe de lo que es capaz hasta que Dios habla, como a mí me habló Feliciana este es tu camino. Dicen que después de la hora más negra de la noche es cuando sale el sol de su monte, y yo así empecé con las veladas, después de que me curé la cadera, pero para mí el sol salió de su monte cuando se me puso mala mi hermana Francisca, hasta ahí yo no sabía de lo que era capaz El Lenguaje. Después de que me curé yo sola de la cadera, me traían algún enfermo, el familiar me solicitaba cura y lo hacía con hierbas, con siete velas de cera pura de abejas que hacía mi hija Aniceta, yo curaba con rezos, hierbas y con mis manos aliviaba también. Con las manos y los rezos sabía yo dónde estaban los males de las gentes, yo así los curaba con mis hierbas bendecidas del monte según los males de las gentes. Paloma corrió la voz, me trajo a un anciano con neblina en la vista, al principio me trajeron gentes ancianas. Paloma tomaba aguardiente y me decía Feliciana, mi amor, Dios le da a los pobres las hierbas y los hongos para remendar los males, esos son más poderosos que los hospitales en las ciudades que nomás quieren las monedas de las gentes. Paloma me enseñó a hablarle a las hierbas en el monte, se iba conmigo y con una sonrisa y sus gracias me iba diciendo cómo se parecían las hierbas a los hombres y cómo se parecían las clases de hongos a las noches con los hombres, fue Paloma la que me enseñó a bendecir las hierbas y los hongos.

Curé algunas enfermedades del cuerpo de las gentes ancianas que me fueron llegando, todavía no sabía que podía curar las enfermedades del alma.

Ahí entonces venían poco, muy poco venían las gentes a verme. Paloma sabía leer las cartas de palos y así sabía el porvenir del amor y las querencias, las gentes la buscaban cuando tenían problemas del corazón, como ella era suave de trato y hacía reír, las gentes iban a verla cuando querían saber su porvenir, también les daba consejos de cómo llevar las noches y las aguas con los hombres, ya no era curandera, ella decía soy La Bruja Roja, mi amor, y así con su boca pintada de rojo soltaba las risas.

Yo hacía mis veladas con hierbas bendecidas y a veces con hongos, pero más con hierbas, hacía mis preparaciones de hierbas y Paloma me decía Feliciana pero pareces burro sin mecate, trae acá, hay que ponerle menos de esto, menos de aquello, más desto otro, mi amor. Hacíamos Paloma y yo las mezclas en cubetas, las probábamos. Hicimos mezclas medicinales que Paloma llamaba Vino, hazte más Vino para los males del estómago, me decía Paloma, hazte más Vino para los males de la cabeza, hazte más Vino, Feliciana, para los males de las extremidades y ella hizo un Vino para desinflamar los hígados que fue bien recibido por las gentes que les gustaba el aguardiente. Todos los Vinos funcionaban, venían las gentes por ellos. Las gentes en los pueblos así se curan desde nuestros antepasados, pero a Paloma y a mí nos fue bien con los Vinos porque eran hierbas bendecidas, porque Paloma tenía mano para escoger las hierbas y mezclarlas poderosas y bendecidas.

Para hacer los Vinos mezclábamos las hierbas bendecidas en cubetas con alcohol, y dependiendo de lo que necesitara, yerbabuena, salvia, ruda, mata de olor, lo que hiciera falta lo íbamos a conseguir mientras Francisca se quedaba con Anicenta, Apolinia y Aparicio. Las gentes venían porque alguien les decía que yo venía de una familia de curanderos hombres, pero no venían a verme a mí, no venían preguntando dónde está Feliciana, me decían usted viene de una familia de hombres curanderos y nos dijeron que puede curar a mi enfermo. Otros venían porque sabían que hacía Vinos con Paloma, y decían ella es hombre aunque es muxe y hace los Vinos porque es de familia de hombres curanderos. Pasaron lluvias para que la gente se acordara de mi nombre y me buscaran. Yo les decía soy chamana, vengo de una familia de hombres sabios, pero yo soy mujer y me llamo Feliciana y yo soy conocida en los cielos porque Dios me conoce, yo soy mujer que cura porque mío es El Lenguaje.

Podría decir que ya había empezado de curandera con El Lenguaje porque ese también se trae en las hondas aguas, porque ya conocía de hierbas y cómo hablarles, cómo hacer los Vinos para curar los males del cuerpo, pero no había despegado a los vientos mi nombre ni tenía El Libro. Eso pasó hasta que mi hermana Francisca se enfermó grave, ahí es cuando el viento hizo crecer mi nombre porque el viento multiplica. Se despertaba, se levantaba del petate, se iba al cafetal, batallaba con el trabajo y se desvanecía en el cafetal, luego me gritaba mi hija Apolonia se falleció mi tía y yo salía, Aparicio se quedaba llorando en el hoyo en la tierra hasta que Apolonia le llevaba agua o lo cargaba para entretenerlo. Se empezó a desvanecer más seguido, tantito esfuerzo hacía cuan larga se caía, pero no quiso hacer caso, no dejaba descansar su cuerpo ni nos decía nada. Una vez mi hijo Aparicio hizo un berrinche duro, pero duro el berrinche como marrano en matadero para que lo sacáramos del hoyo de tierra donde lo echábamos diario para poder trabajar la milpa y la siembra, y alcancé a ver que mi hermana Francisca se desvaneció, la vi cómo se cayó como palo seco. Dijo que le estaba llegando la madurez de la mujer, pero yo la miré y le dije Francisca es pronto para eso, ella dijo que se le estaba encogiendo y secando el vientre como una nuez, que se le había marchitado por no tener hijos, decía que Dios le daba las dolencias por no tener hijos, no le hizo caso a ese desvanecimiento y dijo esto le pasa a las mujeres que no tienen hijos porque es voluntad de Dios secarles el vientre como una nuez, y siguió trabajando, pero cada vez se desvanecía más seguido hasta que un día no se pudo levantar por la mañana. No tenía energía, se escurría ella como el agua se escurre de las manos.

Yo ya me había curado de la cadera, había curado a unos cuantas gentes ancianas que venían a buscarme por los Vinos y los rezos porque vengo de una familia de hombres curanderos que hicieron bien a las gentes y la voz se corrió porque ellos eran hombres sabios y pensaban vamos con ella porque es pariente de los hombres curanderos, pero estaba tan mal de ver a mi hermana Francisca con los ojos hundidos, las cuencas como jícaras negras que me fui a buscar a Paloma para que viniera a curar a mi hermana Francisca porque yo pensé ella sabe, Paloma curó a mi abuela Paz. Ahí la encontré vistiéndose de muxe, tenía el pelo negro que lo tenía bien brilloso casi azul de lo brilloso que tenía el pelo Paloma, y se ponía un prendedor del mismo lado que tenía su cicatriz en la ceja. Yo ese prendedor le puse el día de su funeral que fue como una vela de las gentes de todas partes que vinieron porque cómo se daba a querer Paloma, en todas partes la querían, y le puse el prendedor porque de ese lado le gustaba traerlo, decía Feliciana las cicatrices una las presume, no las esconde, pues a mí me dan orgullo mis bajas, y se ponía el prendedor de ese lado porque le gustaba que le vieran ese lado, el prendedor llamaba la mirada a la cicatriz que tenía en la ceja, era su llamada a su herida, y con su voz suave que se me figuraba como acariciaba las cosas y como la recordaba yo de Gaspar acariciando las cosas con su tacto y los hoyos en los cachetes cuando las decía las palabras porque su voz en los oídos también la acariciaban a una, tenía una voz brillosa como su pelo azul de lo negro, así como la noche luego es azul de lo negra que es, se estaba arreglando para una vela en otro pueblo, un baile que se hace desde hace tiempo para compartir comidas y bailes donde hacen la coronación de La Reina Muxe. Paloma se estaba yendo de luces esa noche y me dijo Feliciana qué pasa mi amor me estoy poniendo bella para acompañar a mis amigas cuéntame qué te trajo aquí mi vida estás del color de las harinas. Se estaba poniendo unos resplandores azules en los ojos, unos resplandores como los que traía en las manos cuando Guadalupe lo encontró y me vino a decir mataron a Paloma allá, allá frente al espejo está Paloma y en ese espejo donde yo la vi dos veces muerta y parecía dos veces viva, yo la fui a ver para decirle ayúdame con el grave mal que tiene mi hermana Francisca. En San Felipe no había muchos muxes, ahora hay más, pero en ese entonces Paloma fue de las primeras que se iba allá adonde se juntaban las muxes de todos los pueblos para sus velas. Yo no había visto a alguien tan sensual como Paloma, su pelo azul de lo negro tenía sus brillos, su piel morena tenía sus resplandores, daba gusto mirarle la cara como mirar la noche limpia de nubes. Su mirada le cambió de Gaspar, de Paloma tenía la mirada más alegre, su piel y sus resplandores tenían su espíritu de muchacho que trataba todo con cariño con su voz suave. Yo no sé por qué le dije te ves bien Gaspar, yo quería que ese día fuera Gaspar, que regresara curandero, estaba yo necesitada de que me respondiera curandero y me dijo Feliciana no chingues, soy muxe, mi vida, no me digas Gaspar eso suena a pura carraspera, mi amor, dime Paloma como me llamo que por algo nací con alas mi vida para que me digas así de feo como se llamaba mi papá que se la pasó curtiéndose las manos en el arado y quebrándose los suspiros de ocupaciones, y a quien yo no conocí más que en una foto rota que le encontré entre sus pertenencias a mi mamá cuando falleció, yo conocí a mi papá por el dolor de mi mamá, pero Paloma me queda más bello, mi vida, así de bellas como mis ropas, mi amor, el tata Cosme me decía Pájaro pero no porque me desplumaba al caminar, sino porque yo tengo las alas bien puestas donde otros tienen sus pesares y sus temores así enterrados los llevan y por eso no se pueden ni levantar de lo que esperan de ellos sus parientes, yo a todos esos señores les digo para qué cargan tantos pesares y temores si Cristo ya los cargó por ustedes bellezas, véanlo en la cruz sufriendo por ustedes y gocen la vida que es bella, pero con la boca pintada de rojo porque si no la sonrisa se queda sin ropas. Paloma se pintaba la boca y yo necesitaba que me ayudara como cuando fue a curar a mi abuela Paz, yo había visto cómo había hecho el milagro y me urgía que me ayudara con mi hermana Francisca. Tenía los labios redondos como su cara redonda y el rojo que traía la hacía verse bella porque su alma era amorosa y ahí le dije Paloma y no le volví a decir Gaspar, le dije Paloma te miras bella con los destellos azules en tu pelo, en tus ojos, esos labios rojos y tu prendedor llamando tu cicatriz, y ni yo ni mis hijos ni mi hermana Francisca le volvieron a decir Gaspar porque yo así se lo pedí, y me dijo Feliciana todos nacimos para mirar lo bello, para ser felices, mi cielo, pero a ti te trajo un pesar así que dime qué te pasa que estás blanca como las harinas y mientras se pintaba en un espejo que tenía colgando en la pared le dije los males que tenía mi hermana Francisca, le dije necesito que me ayudes a curarla, Paloma eres la única que hace el milagro, hazme el milagro como cuando curaste a mi abuela Paz, le pedí perdón por decirle Gaspar, no lo vuelvo a hacer, le dije, vi en su cara que le gustó, tenía los hoyos en los cachetes bien marcados, así se le marcan cuando está feliz, como si mi abuelo Cosme, mi abuela Paz y todos los hombres curanderos de mi familia y todos los nietos que tendría yo ya años después le hubieran dicho Paloma eres bella y me dijo Feliciana hace tiempo que dejé las curaciones, me tienes de ayuda para los Vinos y para las hierbas, mi cielo, pero yo no puedo ayudarte con eso, y me acerqué a ella para hablarle de cerca mientras se pintaba y olí aguardiente de su aliento y le vi que la boca se la había pintado de más, le rebasaba los labios la pintura y eso la hacía mirarse más sensual, como alguien que se toma un aguardiente de más, se gasta unas monedas de más en el mercado o da un abrazo de más cuando se despide de las gentes, así se veía su boca rebosante de rojo y toda ella rebosante de resplandores azules, y así los resplandores de sus hoyos en los cachetes cuando sonreía. Pero en la urgencia era la única persona que me podía ayudar y había dejado el camino de las curaciones y nada podía regresarla porque ella había encontrado su camino que no era el de curandero, sino el de Paloma y cuando la vi ahí volando en los cielos alegrándole la vista a las gentes que la miraban con su aletear blanco y ligero, así como parpadeaba poniéndose los resplandores en los ojos, cuando la vi volando a Paloma me encontré sola en el mundo como nunca me había sentido sola.

Su casa olía a aceites y perfumes, como se estaba preparando para la vela del pueblo para verse con sus amigas para la coronación de La Reina Muxe. Tenía las ropas y los maquillajes y los destellos por todas partes, yo nunca había visto ropas tan sensuales ni maquillajes de tantos colores. A mi hermana Francisca nunca le interesaron las prendas de los domingos, toda las ropas que teníamos, de lana y de algodón, eran para trabajar, así fue siempre. Yo no vi maquillajes ni resplandores hasta que mi hija Apolonia se los ponía para salir al pueblo, ella se veía bella recién bañada pero le lucían los maquillajes que le daba Paloma, y a Apolonia que era la más parecida a Nicanor, le gustaba la ropa sensual, pero tenía dos blusas para salir, mis hijas no tenían maquillajes ni las ropas que Paloma tenía para la vela del pueblo. Esa era noche de bailables y comidas con las mejores ropas, y las muxes se trenzaban con listones de colores sus cabellos negros, otras se cepillaban el cabello mojado hasta dejárselo bien estirado o se hacían rizos desde la noche anterior enrollándose los cabellos en tubos. Se ponían aretes de filigrana, se vestían de tehuanas, se vestían de huipiles, faldas de terciopelo, de encajes otras, y algunas traían vestidos de las ciudades y hablaban la lengua del gobierno, pero ahí todas se juntaban y dele a bailar y a comer todas en la vela. Paloma me llevó a unas velas para que fuera la madrina del vestido de seda que le hizo la comunidad a la Reina Muxe con las sedas que hacía Apolonia, y esa vez que fui a verla por la enfermedad de mi hermana Francisca yo supe que Paloma era el alma de la festividad porque de mientras estaba en su casa ayudándole a cerrarse el vestido me la figuré animando una cantina con su voz suave y otros hombres a los que alegraba escucharle la voz y las cosas que decía, aunque a quién no alegraba ver a Paloma que parecía que había nacido feliz y se iba a morir feliz porque si algo le gustaba a Paloma era estar bien y así como me la figuré feliz hasta en el velorio también me figuré a mi hermana Francisca muerta con los ojos hundidos que más se le iban hundiendo porque la muerte le iba a poner su huevo si no la curaba, y ahí se me enfrió el alma porque vi a mi hermana Francisca muerta con dos monedas pesadas en los ojos para que no se le volvieran a abrir. Y Paloma que se daba cuenta de todo con sus palabras que salían como flores en primavera me dijo Feliciana no pongas esa cara ni derrames lágrimas se te van a salar los frijoles, no lo tomes mal, mi amor, ya no le hago a los niños, ahora le hago a los hombres.

Niños era como Paloma le llamaba a los hongos para las veladas, y yo veía cómo Paloma se maquillaba la cicatriz de la ceja para que se le resaltara más, me dijo, hay que llevarle flores a las guerras en las que estuvimos, mi amor. Esa cicatriz se la hicieron cuando vieron las gentes en el pueblo que se torcía al caminar en el mercado, mi abuelo Cosme decía que se desplumaba al caminar, le abrió la ceja de los golpes un hombre cuando era niña Paloma y le veía que resaltaba su cicatriz con los maquillajes y pensé la mirada de mi hermana Francisca se va a hundir, la muerte le pone su huevo si no llego, esas monedas pesadas le van a hundir la mirada si no hago algo pero no podía salirme de casa de Paloma hasta no saber qué hacer para salvar a mi hermana Francisca de que la muerte le pusiera su huevo y que la mirada se le siguiera hundiendo, Paloma me tomó la cara con las dos manos que olía a la crema de flores de iglesia que tenía en un bote abierto al lado del espejo, y con sus hondas aguas me miró y me dijo Feliciana tú lo tienes mi amor pero no te has dado cuenta, pensé que ya lo sabías, mi vida, te vas a espantar porque una se espanta de ver las cosas que una es capaz de hacer, mi vida, figúrate cómo fue para mí ver que yo podía aliviar a un moribundo cuando era el niño Gaspar, te vas a asustar, mi vida, como si coges una olla caliente con la mano y la sueltas del susto, así se asusta una de mirar lo que es capaz de hacer, la fuerza que una trae adentro asusta como el fuego asusta a los que no esperan fuego, ahora figúrate que te digo que fuiste tú la que calentaste la olla con tu fuego, mi amor, te agarra la cagadera, mi cielo, y le dije que no tenía tiempo para intentarlo porque ya me había curado a mí misma de la cadera, había curado a algunas gentes ancianas, pero yo tenía que curar a mi hermana Francisca porque se iba a morir si no la salvaba yo, y Paloma me dijo Feliciana pues a mover las petacas, mi cielo, ve al monte ya, Dios está contigo mi vida, El Lenguaje es tuyo y El Libro también, tienes que ponerte en manos de Dios para que te ayude y así me fui de su casa y le pedí a Dios que me acompañara en mi camino a elegir los hongos y hierbas en el monte al que me llevó mi papá antes de fallecer.

Dicen las gentes que no come el que no tiene hambre, y yo ese día estaba decidida a romperle el huevo que la muerte le llevaba a mi hermana Francisca, la muerte con su huevo no le iba a hacer trinos a mi hermana Francisca, le iba a quitar esas monedas de los ojos que le estaban ya nublando la mirada a mi hermana Francisca. Ya me había curado a mí, ya había curado a las gentes que me venían buscando por ser pariente de hombres curanderos y supe que tenía temor de no lograrlo, pero Paloma me dijo Feliciana el miedo déjaselo a los ingratos y a los pendejos, tú tienes El Lenguaje, lo traes bien adentro, pero si no agarras esa olla de una vez te va a quemar el fuego de las culpas que arde tan alto como el fuego de los miedos. Esa noche yo pensé si esto no funciona yo pago mi penitencia hasta que la muerte me ponga su huevo, y supe que por mi sangre de hombres curanderos yo siendo mujer también podía hacer lo que ellos hicieron y que tenía que llegar más lejos porque a mí siendo mujer las flores me limpian mientras ando, las aguas me limpian mientras ando por ser mujer, porque nací mujer y las fuerzas no se cambian y es poderoso lo que sus fuerzas vida nos da, yo pensé las aguas limpian todo aquí en la tierra, pensé, y van a limpiar el camino para curar a mi hermana Francisca que está grave, porque hasta entonces no había curado a nadie que estuviera entre la vida y la muerte.

Así que esa noche por primera vez hice una velada, esa fue la primera velada que hice con mis hondas aguas porque una no se pone en el camino de Dios hasta que no está a punto de quebrarse porque en la hora más negra de la noche el sol está a punto de salir de su monte y yo dije voy a mirar cuándo sale el sol de su monte, con el alma entera a Dios yo me entregué para curar a mi hermana

Francisca, y así me puse en el camino de mi nombre cuando la vida así me lo pidió y podríamos decir que las veladas pasadas eran probaderas porque cuando una se enferma se siente segura de que puede pasar lo que sea, pero cuando una persona amada sufre, una pasa los peores momentos y se hace vieja de sólo pensar el dolor que debe estar sufriendo el pariente. Yo esa noche quería sacarle esa enfermedad que le estaba hundiendo la mirada a mi hermana Francisca y así le pedí a Dios que estuviera conmigo, y Dios escucha cuando lo llamamos de las hondas aguas.

Prendí las siete velas de cera pura de abejas que hizo mi hija Aniceta, le recé a Dios para que nos sacara de este mal a las dos, a mi hermana Francisca y a mí, pues cuando un pariente querido está enfermo la cura es para los parientes también y así desenvolví los matrimonios poderosos de hongos de un retazo de seda cruda que me dio Apolonia, en cuanto le di los pares de hongos mi hermana Francisca se desvaneció y fue cuando los hongos, a los que empecé a llamar niños como los llamaba Paloma, me empezaron a guiar. Mi hermana Francisca abrió los ojos y pude trabajar en sus hondas aguas para entender lo que le pasaba. Le pedí a Dios que me ayudara a entender lo que tenía y que me ayudara a curarla y tuve una visión: aparecieron unas personas que me inspiraron respeto, todas bien vestidas con algodones crudos, así como mi padre estaba bien vestido cuando comí hongos y tuve mi primera visión en el monte, yo lo reconocí a mi papá Felisberto porque era el mismo que yo había visto cuando era niña en la visión. Cuando se aparecieron esas personas yo supe que ellos eran mis familiares que no conocí, supe que era mi abuelo, mi bisabuelo y otros antepasados que no sabía sus nombres, pero yo conocía que eran mi sangre y que aparte estaban ahí porque me traían algo. Yo sabía que yo era la primera mujer que estaba en ese lugar después que ellos y que todos los hombres habían estado antes que yo y por eso estaban allí, para darme algo que ellos sabían era para mí. Esos hombres no eran de carne y hueso, pero sí sabía que habían existido en otros tiempos, yo sabía que me querían revelar algo y que los niños hongos me habían llevado hasta ellos por una razón que se me iba a revelar enseguida. Cuando me acerqué a ellos se apareció una mesa de madera fina que olía a bosque mojado, así como huele un bosque después de la lluvia que refresca con sus gotas gordas, a eso olía la mesa, a agua que limpia con sus gotas pesadas, como si no fuera una mesa de este mundo, como si la mesa fuera un sentir de bienestar y no una cosa, y sobre la mesa se apareció un libro que al sólo verlo me dio un sentir bello. No conocía la felicidad hasta que vi ese libro sobre la mesa. Era un libro resplandeciente y así como entran rayos de sol en una cocina obscura y fría hecha con tabiques de lodo y a una le cuesta trabajo mirar de lo potente que son los rayos y lo que la luz ilumina es un montón de virutas que van ligeras por todos lados de un lado a otro, yo así veía a mis antepasados a través de ese resplandor de El Libro, a través del rayo caliente del sol, la manta de virutas y el rayo de sol caliente, ese era un sentir

142

porque a mi papá Felisberto, a mi abuelo, a mi bisabuelo y a los otros hombres en mi familia que no conocía, pero los veía como la veo a usted aquí y al intérprete allá, pues nunca había estado yo en un lugar más limpio y puro, pero no le digo de la limpieza del quehacer, le digo limpieza del cuerpo y de los resplandores de las hondas aguas. Como si respirara el primer aire y el aire le limpiara el fondo de todas las cosas y sintiera paz. Entonces tres de ellos pusieron sus manos sobre El Libro y El Libro fue creciendo hasta ser del tamaño de un niño de pie. Entendí que podía abrirlo y eso hice. En sus páginas había letras, palabras, párrafos que yo no leí pero sí podía entender, porque como le digo yo no aprendí a leer ni a escribir, mi hermana Francisca y yo no sabíamos lo que eran los estudios, pero este era un libro distinto al que tienen en los estudios, es un libro con El Lenguaje, está hecho con otros materiales, las páginas eran blancas y resplandecían como la luz resplandece por la mañana cuando el sol sale de su monte llevándose la obscuridad, ese libro tenía el poder del calor. Las tapas al tocarlas tenían el calor de una piedra que ha pasado el día bajo los rayos del sol.

Uno de los seres que no conocía pero sabía que pertenecía a mis antepasados habló, y al escuchar su voz supe que era mi bisabuelo. Él fue quien me dijo Feliciana, este es El Libro de los sabios y es para ti, este libro ahora es tuyo y El Libro se hizo chico del tamaño de una Biblia de iglesia de las que le caben en la mano y al tomarlo con mi mano me di cuenta de que el resplandor no sólo se veía sino también se sentía en el cuerpo, era el calor y sobre todo la fuerza que estaba buscando. Los seres y la mesa de madera con olor de bosque tras la lluvia espesa desaparecieron y me dejaron sola con El Libro. Y nunca me había sentido más acompañada y fuerte que con El Libro. Ahí sentí que su fuerza también era mi fuerza. Ahí supe que su fuerza era la mía. Lo contemplé mientras veía a mi hermana Francisca a mi lado con los ojos hundidos en sus cuencas como jícaras negras y la respiración cortada como si se le hubieran roto los suspiros como el espejo que se cuarteaba, así respiraba espejos rotos mi hermana Francisca. Abrí la primera página de El Libro y pude leer las primeras líneas a mi hermana Francisca, comencé a cantar porque esas líneas estaban escritas como la música y ese era un regalo que se me otorgaba en cada decir porque al sólo decir las palabras hacía música. Antes de entrar a las hondas aguas de mi hermana Francisca a ver qué era lo enfermo, los niños me hicieron saber que ellos me estaban llevando de la mano de Dios porque Él es siempre guía. Los niños llevan a la sabiduría que es El Lenguaje y El Lenguaje está en El Libro.

Al cantar las primeras líneas hasta terminar la primera página me sentí con el corazón lleno de fuerza, más fuerza que la que siente una con las primeras patadas de un niño que se gesta en el vientre cuando está encinta porque una sabe que al decir cada una de las palabras de El Lenguaje está curando y curar es poderoso como engendrar vida. Entendí que todos los curanderos de mi familia me habían querido enseñar algo, pero no me podían guiar, El Lenguaje es el que enseña y guía, ese es su poder. Entendí que bastaba la primera página para curar a mi hermana Francisca y así hice hasta que salió el sol de su monte y cuando terminé de cantar las palabras que venían en esa hoja El Libro se desapareció de mis manos. Esa noche terminaron los males de mi hermana Francisca y empecé el camino en mi nombre. Esa noche que curé a mi hermana Francisca en la velada en la que me fue entregado El Libro me di cuenta de que le debo más a los muertos que a los vivos porque El Lenguaje es de ellos. Y dígame si El Lenguaje no es poder, entonces qué es.

12

Un psicólogo le explicó a Leandra en la primera sesión que luego de una pérdida, en términos neuronales, el acto de contar movía el evento de lugar, así que podía desplazarse, dejar de tener la misma importancia. Alguna vez leí en una entrevista de Cioran que cuando estaba enojado insultaba sin pausa hasta que la rabia se disipaba. Contaba que alguna vez que escribió sobre el suicidio en su columna en el periódico, una mujer consiguió su teléfono y lo llamó para decirle que sufría mucho, que estaba harta de la vida y quería preguntarle qué lo había frenado de suicidarse, le respondió que si se reía no tenía porqué hacerlo. Eso que leí en algún momento en la oficina, rebotó cuando me di cuenta de que Leandra ese sábado que pasamos juntas se reía, poco menos que antes, pero se reía. No habló directamente del tema, pero su sentido del humor no perdió eje luego de la partida de mi papá y el episodio desafortunado con el pendejo de Fernando. Que se riera y no hablara del tema me parecían síntomas extremos, como tocar una superficie caliente con una mano y una superficie fría con la otra que le templaba la vida diaria, pero sabía que si quitaba la mano de uno u otro lado, ese extremo la quemaría de frío o de calor.

A veces quería preguntarle cómo estaba, profundamente cómo estaba, pero quería respetar su proceso. Noté que su risa fue haciéndose más frecuente. En ese tiempo Leandra iba una vez por semana al psicólogo, era parte de las prestaciones que mi mamá tenía; trabajaba en el consultorio de la dentista por las tardes, terminaba la preparatoria abierta y había comenzado a tomar clases de fotografía los sábados. La siguiente vez que hablamos al respecto salió natural en una conversación, y me respondió firme Fue un evento desafortunado, hermana, pero más desafortunado ser ese tipo, ser Fernando, imagínate, eso sí está jodido. Por ese modo de referirse a él, pero, sobre todo, de contárselo a sí misma en voz alta, me pareció verla fuerte. Sin duda, lo estaba desplazando de lugar. En cuestión de poco tiempo ganó un peso saludable. Un día noté que tenía los labios casi rojos sin que se los pintara, se le coloreaban las mejillas cuando hacía calor o se reía, los pómulos se le marcaban, un día se hizo un chongo al tiempo que me hablaba de cualquier cosa mirándome a los ojos, se le hacían horquillas de pelo en las orillas de la frente y tomó leche entera directo del empaque.

En el periódico me empecé a llevar más con Julián que era un año más chico que yo. Me gustaba su espacio entre los dientes frontales, tenía el pelo corto y me gustaba mucho que tenía una rasta que le colgaba del lado derecho. A veces llevaba una patineta en la mochila, casi siempre se ponía camisetas de algodón blanco y un día llevó una que tenía un pequeño hoyo en el cuello y eso me pareció sexy.

Unas semanas después, tal vez un par de meses después, Julián me invitó a una fiesta. Esa fue la primera vez que salí luego de la partida de mi papá.

Julián era de Chihuahua. Su madre se había ido de la casa cuando él tenía cinco años y su papá lo había criado. Como era profesor de matemáticas en una universidad allá, no podía dejar ese puesto y lo mandó al D.F. con unos tíos que vivían en un departamento de una estancia chica y ventanales grandes que daban a una avenida. Tenían un cuarto de azotea que le ofrecieron a su sobrino.

Antes de ir, Julián me dijo que sus tíos tenían un departamento de quince focos y él vivía en un cuarto con tres: uno en el baño, otro en el cuarto y otro en una lamparita. Así me presentó su casa. Ese cuarto de azotea tenía una sola ventana a la que le había puesto dos cortinas cuadradas de tela azul índigo con dos círculos blancos, pintados de un brochazo como los que suele haber en las entradas de los restaurantes japoneses. Me contó que las había encontrado en una venta de garaje en Chihuahua. El baño tenía una puerta de madera muy delgada y una chapa dorada que era más una sugerencia de puerta, pues se oía todo. Al principio eso me daba pudor, pero pronto nos empezamos a llevar tan bien que gané confianza. El cuarto olía a humedad. Tenía una estufa eléctrica de dos hornillas; en una repisa de madera al lado de un lavabo metálico solía calentar agua en un pocillo azul para hacer sopas instantáneas. Cuando su tía le pasaba algún recipiente con comida, recalentaba chicharrón en salsa verde, picadillo, albóndigas rellenas de huevo duro en caldillo de tomate, que era su fuerte, o alguna sopa de pasta y eso cenábamos. Con esfuerzos, para darle una oportunidad que él no tuvo, estudiar lo que le diera la gana y trabajar en lo que le diera la gana, el papá de Julián pagaba una renta simbólica a su primo para que estudiara la licenciatura en Arte por las mañanas y, como yo, trabajara en lo que él llamaba el Plancton del periódico.

Empezaba la primavera cuando fui la primera vez al cuarto de Julián. Hacía un calor insoportable. Tenía una hielera de plástico azul en la que a veces tenía un jugo de uva, que era el único sabor que le gustaba. Tenía una teoría de compatibilidad en las parejas de acuerdo a su fruta favorita y cómo combinaban en un jugo. Esa tarde tomamos cervezas sentados en la azotea, al lado del tinaco que daba frente a su cuarto. La pintura del edificio se había lavado con el tiempo y más bien quedaban costras de los tres colores que había tenido la azotea y sobresalía un color marrón. Cuando entré al baño me fijé en el foco Osram de 100 watts. Al salir le pregunté por qué medía las casas en focos y me dijo que le había tocado ponerse a contarlos alguna vez que hicieron un censo. Los contaba en cualquier sitio que estuviera; sabía, por ejemplo, cuántos había en el piso de la redacción, y cuántos en casi todos los lugares que iba. La casa más cabrona a la que he ido, me dijo esa vez, tiene más de cien pinches focos; dime dónde pones tantos o para qué quieres tantos pinches focos. Luego yo llegué a contar los que había en mi casa. La mayoría eran ahorradores cálidos de LED —mi mamá odia la luz blanca, dice que es de quirófano y que resaltan lo peor de las facciones— que había cambiado mi papá en un impulso ahorrador, salvo los focos rojos que Leandra había instalado en el garaje para montar un cuarto oscuro, al lado de donde mi papá armaba y desarmaba coches. El único que yo había cambiado había sido uno pequeño de refrigerador, en la lamparita de lectura al lado de la cama para que cuando Leandra estuviera dormida yo pudiera seguir leyendo sin molestarla.

El cuarto de azotea en el que vivía Julián, a pesar de estar en la punta de un edificio que daba con una avenida transitada y una jacaranda entre los coches, daba la sensación de aislamiento. Se escuchaban más los aviones que la calle. Esa primera vez que fui a su cuarto, me enseñó una guitarra que le había regalado su papá cuando cumplió doce años. Tenía unas estampas en la parte trasera y la A de anarquía que había hecho con un Sharpie. Además, tenía tatuada una fórmula matemática que me dijo que era una que a su papá le parecía hermosa. Me enseñó unos dibujos que había hecho a lápiz. No te creas que te voy a pedir que me poses, nomás quiero que me digas si te parecen buenos, me dijo con su acento norteño que me enamoraba. Tenía un colchón individual en el piso, un cobertor negro y una foto tamaño pasaporte de su mamá de joven y otra de su papá de niño. Le pregunté por ellos. Me contó que su mamá se había ido a Piedras Negras y había formado otra familia. El esposo de la mamá odiaba que el pasado se entrometiera en su presente, así que Julián y su papá tenían poca comunicación con ella; tenía un hermano que había visto algunas veces que hablaba español con dificultades —en una cafetería y en un centro comercial, hazme el chingado favor, me dijo— y había sido su papá quien se había hecho cargo de él en todo momento.

Leandra ya tenía una buena amiga del taller de fotografía con la que se iba a tomar las fotos. Salía con ella a comprar película y ambas tenían una postura radical en contra de la fotografía digital. El taller lo daba una maestra que solía traer un solo arete, una pluma larga, camisetas escotadas de tirantes; tenía los pechos grandes y un cinturón con una hebilla grande con un escorpión dentro de un acrílico transparente, y cuando alguien se lo mencionaba, hablaba suelta, extensamente de su signo zodiacal, de su ascendente también escorpión, y decía que ese era su nahual, su animal de poder, y esa hebilla también era un botón que encendía una conversación en torno a los signos zodiacales y los ascendentes. Esa vez me enteré de que Julián era Cáncer, y según nos dijo, hacíamos una pareja perfecta. Tenía una correa de tejido huichol y un milagrito de iglesia, dos ojos de latón, para colgarse la Canon analógica con un enorme lente, que para mi hermana era una meta. La maestra de Leandra tenía una raya en medio, el pelo corto. Alguna vez Leandra me contó que les había confesado en clase que no usaba jabón para bañarse, sino una mezcla de fibras prehispánicas para lavarse el pelo. Mi hermana, que entonces ya llevaba tiempo haciendo sus perfumes, veía en su maestra un ejemplo a seguir. Leandra se convirtió en su alumna favorita, decía que tenía mucho talento, que era muy inteligente. Era la primera maestra en toda la vida de mi hermana que hablaba de su lado positivo, luego de todas las escuelas de las que la corrieron —una por conducta, de otra porque dejó un cráter en el techo por aventar una chamarra mojada al ventilador y, finalmente, por el incendio que provocó en el basurero de la escuela para defender a Cuauhtémoc, un amigo suyo—. Su maestra de fotografía nos dijo que era una alumna excelente, esa fue la palabra que usó cuando habló de las fotografías de mi hermana cuando fui con Julián al taller a recogerla en el Valiant 78 la primera vez. Mi mamá se puso tan feliz que invitó a cenar a Leandra después de su taller para tener un pretexto para pasar por ella y conocer a su maestra de fotografía.

Leandra un día me dijo que más que diseñar, deseaba exponer su trabajo en una galería. Alguna vez mi papá me dijo que si hubiera podido elegir, habría sido fotógrafo, pero mi abuelo era un hombre de mente cuadrada y, sobre todo, un tirano. Mi papá estudió ingeniería; mi tío actuaría. Sus hijas, mis primas, crecieron con ese eco, y estudiaron carreras relacionadas a las leyes. Y tengo muchos recuerdos de mi papá diciéndonos explícitamente que nosotras podíamos hacer lo que quisiéramos.

Mi papá me ayudó a montar la batería y Leandra sabía que ese era el lugar para su cuarto oscuro. El garaje en la casa era el espacio que mi papá tenía para enseñarnos que sí, había que trabajar, pero siempre habría espacio para lo que quisiéramos hacer. Ahí fue el lugar donde alguna vez le dije a mi papá que me hubiera gustado poder escribir. Leandra había aprendido a revelar fotografías donde mi papá desarmaba las licuadoras y tostadores de vecinos, hornos y batidoras de los compañeros de trabajo de mi mamá, donde armaba y desarmaba lo que podía, y ese garaje era para los tres el espacio de la libertad.

Leandra había empezado a salir con chicos a los once años, poco después de que Lalo le rompiera el corazón. Se dio besos con una chica a los trece en una fiesta. Ella era quien llevaba la delantera en ese tema. A los catorce se enrolló con una chica; a los quince se acostó con un chico, luego con otro, luego con otro. Luego con una chica. Después del episodio desafortunado con el imbécil de Fernando, Leandra se enfocó en la fotografía como nunca antes la había visto enfocarse en algo que no fuera salir con amigos. Se había hecho especialmente popular después del incendio, se llevaba con gente de la preparatoria abierta a la que entró, era bien querida en su trabajo en el consultorio, hacía bromas. Se llevaba con grupos muy distintos de gente, podía estar en cualquier situación y hablar con cualquiera. Se movía por varias partes de la ciudad; a veces me tocaba recogerla lejos, pues una de las condiciones del Valiant 78 era que debía compartirlo con mi hermana, pero no sabía manejar ni le interesaba. Se fue acercando más a esa amiga del taller de fotografía.

Leandra fue asistente en el consultorio dos años, hasta los dieciocho. Le tenía cariño a su jefa, estaba por terminar la prepa abierta, y quien parecía una bala perdida, era queridísima por todos en el taller de fotografía. Para esa edad, Leandra había ido con tres psicólogos, el primero, cuando tenía por ahí de nueve años.

Mi mamá, por su parte, pasaba más tiempo con mi tía. A veces pasaba tiempo con mi otra tía, la esposa del hermano de mi papá, y de a poco reanudó una vida social activa. Le costó trabajo salir del encierro, pero empezó la rutina y no cambió algunas de las que ya tenía con él: no dejó de dormir del lado derecho de la cama ni dejó de usar la misma silla en la cocina, dejando siempre vacía la de mi papá. Una vez descubrí que en su bolsa siempre llevaba un amuleto que le había dado mi papá cuando eran novios. Ella vivía en la casa rentada con varios estudiantes, entre los cuales estaba mi tío, el hermano de mi papá, que los había presentado, y en la sala de esa casa mi papá le había dado una pequeña pirita que llevaba dentro de una bolsa de fieltro rojo. Era el amuleto de la suerte que le dio cuando iba a hacer el examen de admisión en la universidad para estudiar administración. Me contaban que él la había ayudado a resolver algunas ecuaciones complejas. Mi mamá lo hacía reír y hablaban mucho, y creo que de eso se trató siempre su relación.

Jacinta, la maestra de fotografía de mi hermana, pensaba que podía incluir alguna de las fotografías de su taller en una exposición colectiva de la que estaba a cargo en el Centro de la Imagen. Mi hermana se sentía honrada ante esa posibilidad y estaba decidida a ser parte de esa exhibición.

Antes las clases le parecían soporíferas, hasta que descubrió la fotografía. Cuando pienso en esos días, me acuerdo de haber llegado borracha y encontrarme a Leandra con unas pinzas de plástico en la mano, un chongo alto, mal hecho, chueco, mirando varias versiones de la misma imagen que quería mostrarme antes de que me fuera a acostar, pero la luz roja me mareó y, al revés de como nos había pasado antes, Leandra me acompañó a la cama y me arropó.

Mi hermana se acostó a los trece años con el vecino que le gustaba, una de esas tardes de castigo luego del incendio cuando mis papás estaban en el trabajo. La crónica fue breve Los papás no estaban en la casa, fui a la suya, se metió a bañar porque había jugado futbol y me metí a la regadera y lo llevé mojado a su cama. La había marcado tanto el relato de Lalo bañándose con su amiga en Tepoztlán que fue lo primero que hizo con su primer novio. La crónica con la chica con la que estuvo por primera vez fue muy parecida Estábamos viendo una película y me pareció guapísima de perfil, le agarré la cara y le di un beso y eso llevó a otra cosa y esa cosa llevó a otra. Leandra siempre ha sido suelta y abierta con ese tema. Yo, al contrario, no sabía cómo acercarme a un chico o a una chica, aunque sabía que me gustaban los chicos. La primera vez que me atreví fue con Julián. Con timidez, miedo y torpeza, pero me acerqué y me parecía divertido estar con él. Me sentía segura. A la distancia pienso que tuve mucha suerte, pues la relación con él me ayudó a cruzar una época turbulenta que fue mucho mejor a su lado. Me enamoré por primera vez y me acosté por primera vez con él a los diecinueve años en el tercer semestre de la carrera.

La primera vez que nos besamos a él le temblaba la mano cuando me acarició la cara y a mí se me secó la boca de los nervios. Estábamos en su cuarto, la segunda vez que salimos. Tiempo después, tal vez semanas después, estaba ya muy tensa la cuerda entre nosotros y antes de salir de la oficina me puso en mi lugar una hoja de cuaderno con una letra diminuta que decía que me quedara con él esa noche. Cuando salí del baño le hice una seña a Julián para decirle que sí y esa fue la primera vez que nos acostamos. Pusimos el despertador a las 4:30 am, él me despertó con su voz entre ronca y suave. Llegué poco antes del amanecer a mi casa. Mi mamá y Leandra dormían y alcancé a dormir un par de horas más. La segunda vez que lo hicimos fue divertido. Me acuerdo que estuvimos escuchando un radio de pilas, un programa de problemas del corazón, muertos de la risa, haciendo bromas, desnudos en su colchón sobre el piso.

La tercera vez quedé embarazada. Técnicamente no tenía por qué pasar, pero pasó. Se me había retrasado la regla antes. Pensé que entre el trabajo en la redacción que era muy demandante y la universidad, había vuelto a pasar. En la preparatoria, en una racha de exámenes, se me retrasó tres meses, y después de la muerte de mi papá, la perdí dos meses, en algunas situaciones de estrés se me retrasaba una o dos semanas, pero esa vez que se me retrasó dos semanas me sentía rara, pero estaba segura de que no había manera de estar embarazada. Habíamos estado jugueteando, pero había entrado sin condón, pero poco, se lo puso rápido, y yo estaba en un momento del ciclo que lo hacía improbable. Imposible, pensé. De hecho, durante esas dos semanas no me cruzó por la cabeza hasta que un día me desperté cansada, a pesar de que había dormido más de lo normal. Se prendió un botón rojo cuando en la universidad me compré una dona de chocolate y un americano, que para mí era la combinación más deliciosa para el desayuno, y el olor del café y la dona me dieron asco. No pude desayunar, regalé la dona a una compañera y el café lo tomé con asco. Esa mañana me había cruzado con mi mamá en la cocina y me había preguntado si estaba bien, quizás olió algo que yo todavía no. Saqué un chapstick que tenía en la bolsa de la mochila y ese olor a fresa, que era apenas perceptible, de pronto fue un olor potente, como amplificado. Entré a clases, pasé toda la tarde con el estómago vacío. Al salir, de camino al trabajo, pasé por un Sanborns, muerta del hambre. Me comí un caldo de pollo sola en una de las butacas para cuatro, se me quitó el asco y eso me confirmó lo que sospechaba, llevaba todo el día sintiendo que algo extraño pasaba, pero estaba batallando para negarlo. Me compré una prueba de embarazo en la farmacia, entré al baño: salió positiva. Di vueltas por la tienda, mirando sin rumbo, los pasteles de muestra, las portadas de las revistas, todos en las portadas parecían felices en su situación, sonrientes en posturas incómodas, sin otro problema en la vida que ser feliz en la portada de una revista. Los trabajadores, tranquilos, en la rutina de un día que sigue a otro tan parecido al anterior; uno mirando su teléfono; otro con los brazos cruzados recargado en una repisa dándole vueltas a un llavero; una señorita cobrando un pastel. Miraba todo sin mirar nada. Los minutos pasaban lentos como días. Me imaginé todas las posibilidades ante mi situación hasta que se fueron apilando una encima de la otra y se colapsaron encima de mí. Decidí no decirle a Julián por teléfono. Me fui al coche con la prueba positiva en la mochila. ¿Cómo iba a hacerle? Me preguntaba una y otra vez en el coche de camino al periódico. Cuando llegaba a un pensamiento infeliz, veía un niño en el coche de al lado y me preguntaba cómo sería si lo tuviera, si se parecería a mi papá, si se parecería a la mamá de Julián a la que probablemente nunca conocería. Me enredaba en preguntas como si fueran montones de cables negros sin manera de diferenciar uno de otro y separarlos fuera más difícil cada vez. Hacía calor, no había ventana abierta que me diera suficiente aire ni postura que me hiciera sentir cómoda, ni había un solo pensamiento que me tranquilizara. Antes de estacionarme cerca del periódico, me llamó Leandra para decirme que Jacinta, su maestra de fotografía, le había mandado un correo diciéndole que había seleccionado tres fotografías suyas para la exposición. Mi hermana me describía las fotografías, yo las conocía pero no podía concentrarme en lo que me decía, escuchaba que quería que la ayudara a ponerles títulos, me decía algunos títulos que se le habían ocurrido, la escuchaba como escuchando una canción de fondo sin poder prestar atención a la letra. Era claro que mi hermana estaba feliz. Hacía mucho tiempo no la escuchaba así, y cuando me di cuenta de eso sentí paz por ella y a la vez sentí un trueno, un relámpago, un remolino.

13

Curé a mi hermana Francisca y corrieron los rumores, el viento multiplicó los rumores, alguien vino una noche, otra noche vinieron más gentes y así empezaron a venir las gentes preguntando por mí para aliviar a sus enfermos. Eso fue antes de que vinieran las gentes del extranjero, cuando curé a mi hermana Francisca se multiplicaron los rumores en los otros pueblos, algunas gentes vinieron de la ciudad y me decían vine de la ciudad a verte Feliciana. Mi nombre así creció, el viento así lo quiso, Paloma vino a mi casa a decirme Feliciana, mi vida, agárrate, mi amor, esto apenas empieza, quita esa cara de retrato gris que tú destellas luces de colores. Paloma me ayudaba con los parientes de los enfermos, con todos era agradable de trato y las gentes que venían de fuera rápido querían a Paloma.

Mi mamá ya había fallecido, unos días antes de que falleciera mi mamá me encontré un pájaro en la tierra fallecido, mi mamá así se fue en el sueño ligero como el pájaro que vuela, se fue sin que pudiera hacer nada por ella. Mi hermana Francisca se encargaba del trabajo en la milpa y de la cocina, Aniceta hacía las velas de cera pura de abejas que ya eran solicitadas por las gentes, por las mañanas las repartía en el mercado y en una tienda de abarrotes donde la dueña le dejó un espacio en el local por unas monedas para que mercara las velas de cera pura de abejas y otras mercas, ahí empezó a llevar Aniceta la cosecha que teníamos, hasta la seda de Apolonia la pudo poner en la tienda adentro de un mueble de palo y vidrio para lucir las mercas. Apolonia hacía la seda, cuidaba los gusanos, trabajaba las milpas y Aparicio ya ayudaba en las cosechas, ya no estaba en el hoyo al lado de la milpa, pero yo ahí dejé el hoyo porque no sabía cuando iba a echarlo, pero el niño se hizo útil de la noche a la mañana, dejó de llorar ahí en el hoyo, ya fue cuando lo saqué que se le puso la cara de serio y me recordaba a la cara de mi papá Felisberto que hasta su café endulzado lo tomaba serio. Mi papá era un hombre serio así como mi hijo Aparicio es serio de siempre, no se reía como los otros niños se reían, por eso un día Paloma vino a mi casa y me dijo Feliciana, mi vida, ese hijo tuyo pasó de ser bebé a señor, toma te traje estas botitas bellas para el machito de la casa, a ver si no me regaña porque no le traje el sombrero y el ganado.

Entre todos juntábamos las monedas, todos comíamos del nixtamal de mi hermana Francisca, de los frijoles, de los chayotes, de los chiles, del café, del atole que ella nos hacía a todos. A mí me venían a ver cada vez más gentes para que les hiciera veladas y así también entraron monedas a la casa. Paloma me ayudaba a preparar mis veladas, enseñó a Apolonia a maquillarse para que saliera por las mañanas con sus destellos, enseñó a Aparicio a tratar bien a sus hermanas porque tenía mal carácter y ese era el mal carácter de Nicanor borracho, pero Aparicio lo tenía así de niño todavía sin llegar a la edad del aguardiente ya tenía el mal carácter de Nicanor borracho y la cara seria de Felisberto mi papá. Paloma me decía Feliciana, las botitas no hacen al macho, mi amor, ese mal carácter es culpa de Nicanor que era mala hierba, pero yo le decía no era mala hierba Nicanor, la guerra y el aguardiente así lo hicieron, y Paloma me dijo Feliciana trámelo acá, me lo llevo al mercado, al pueblo, adonde sea me lo llevo para que se enseñe a tratar con otras gentes porque el hoyo lo malcrió, los niños se educan en la calle, menos mal que no le pusiste un espejo adentro del hoyo, mi cielo, si no se venía haciendo intragable Aparicio, todavía tiene remedio, mi amor, déjamelo que me lo llevo a la calle así lo sacamos del hoyo.

La segunda vez que la muerte llamó a Paloma fue la vez que amó a un hombre que conoció cuando se llevó a Aparicio a la calle, era un hombre malquerido al que le habían matado a su mamá a las patadas y no sabía de la querencia ni de hombres ni mujeres. Paloma lo conoció con Aparicio, ese hombre le preguntó por las botas del niño por hablarle de algo y Paloma lo vio como petición de noches, se las arregló para encontrarlo esa noche, pero era un hombre malquerido desde que vino al mundo y no sabía del trato con hombres ni mujeres, era un hombre malquerido y así malquerida como la noche en que lastimó a Paloma la muerte le puso su huevo a Paloma por segunda vez, ahí le hizo trinos la muerte, yo lo sé, fue ese hombre malquerido el que le escupió en la cara, le abrió la ceja ya cerrada que tenía de los golpes que le dieron por su caminar, desplumándose decía mi abuelo Cosme, y ese malquerido le volvió a abrir a golpes la cara a Paloma.

Dicen que el que encuentra sombras es porque luz trae, así le pasó a Paloma, estaba con la boca púrpura de los golpes que le dio ese hombre malquerido y así con la boca púrpura de los golpes que le dio la malquerencia conoció a José Guadalupe con el que vivió y el que la encontró con la mancha de sangre creciéndole por debajo cuando la mataron con el puñal por las espaldas, los días que la golpearon de nuevo en la cara abriéndole la ceja que ya le habían abierto como espejo de la malquerencia ahí encontró a su amor Paloma, ahí conoció a Guadalupe por ese tiempo que yo ya curaba a las gentes que venían enfermas, por ese tiempo en que mi nombre viajó a los pueblos y de esos pueblos se llevaban mi nombre en rumores a otros pueblos y así llegó a la ciudad, así viajó en otros rumores a otras ciudades, por eso yo digo el viento multiplica, porque así como le tenemos miedo al viento cuando se lleva las cosechas y le tememos cuando trae las lluvias con los granizos que queman las cosechas, yo les digo no le tengan miedo a las tormentas, el viento multiplica y cuando caen las tormentas con granizos es tiempo para escuchar el ruido que hacen las tormentas más duras con los granizos que caen como cuchillos que con sus tajadas terminan las cosechas, cuando caen los granizos es tiempo de escuchar los cuchillos helados y la tormenta, hay que escuchar los cielos tronando porque el viento multiplica, eso es de saber, yo le digo usted confíe, así también es la vida porque el viento multiplica. Las dichas también el viento las multiplica.

Un día llegó el señor Tarsone aquí a San Felipe a buscarme, llegó preguntando por mi nombre porque me miró en la película, le dieron rumores y así llegó el banquero gringo que trajo a las gentes que crecieron mi nombre. Paloma sabía que mi nombre crecía, que las gentes venían aquí preguntando por mí y me decía Feliciana, mi cielo, pero mi amor, te estás haciendo famosa y tú no celebras como los famosos, por eso tú hazte bien famosa para que yo celebre como los famosos con el alcohol y las querencias. Y así pasamos algunas noches Paloma y yo fumando cigarros con las risas y tomando aguardiente mientras los demás dormían.

Tadeo el tuerto se apareció cuando escuchó los ruidos de las gentes que venían y los ruidos de las monedas que caían. Yo les decía a las gentes yo no veo el futuro, me encomiendo a Dios en rezos todos los días y todas las noches y en lo que hago no hay odio, no hay rabia ni mentiras. Yo no veo el futuro, yo veo el presente con El Lenguaje, yo no soy adivina y así fue como Tadeo el tuerto estuvo engañando a las gentes con sus clarividencias que decía las hacía con su ojo tuerto. Él se aprovechaba de eso, él les decía a las gentes veo el futuro con mi ojo tuerto y las gentes le creían. Pero yo no hago eso, si las gentes vienen a decirme dígame el futuro les digo yo limpio como el agua limpia, limpio las enfermedades del cuerpo, yo limpio sus hondas aguas como limpia el agua que corre y alisa las piedras con su correr, yo limpio las enfermedades del cuerpo como el agua limpia los cuerpos sucios y las tripas cargadas, yo limpio las sombras que son las dolencias porque la luz existe pero la obscuridad es su criatura. Yo no soy maga, El Lenguaje cura, pero hay gentes inquietas con el futuro y para eso están las clarividencias, y hay gentes que creen que la enfermedad se puede curar sólo con las medicinas, con las pastillas y los menjurjes que hacen los hombres sabios en los laboratorios con sus batas blancas, y eso es lo que recetan los médicos sabios, pero el mal tiene muchas formas y no todas las enfermedades se curan con las medicinas que se hacen en los laboratorios, todas las gentes sabemos que hay más males que pastillas y si todas las enfermedades del cuerpo y del alma se curaran con pastillas, figúrese, este mundo estaría nuevo de salud como si todas las mañanas fueran la primera mañana de la tierra, la primera mañana de Dios.

Tadeo el tuerto vive del otro lado del barranco y de la niebla, al otro lado de San Felipe, casi no sale de su choza por lo mismo que es tuerto, dicen que así se hizo porque le rompieron una botella de aguardiente en la cara y se la machacaron en el ojo, yo lo conocí cuando era muchacho y miraba con los dos ojos, así antes de la jícara negra que tiene en la cara, cuando nos fuimos de San Juan de los Lagos a San Felipe, Tadeo miraba con los dos ojos y decía que en sueños él veía de cosas. Cada pueblo tiene su brujo y Tadeo el tuerto quiso ser el brujo del pueblo desde muchacho, cada pueblo tiene su brujo y hasta en los aparatos que traen los extranjeros hay brujos. Tadeo el tuerto así llamaba a las gentes, les decía yo digo el futuro, Feliciana da hongos y hierbas y hace vomitar de los hongos y las hierbas que da, pero yo te digo el futuro sin que comas lo que enferma, y tiraba siete granos de maíces, tiraba las cartas de palos y decía que a él le hablan los palos, los granos de maíz con su fuerza le hablaban siete poderes, y si alguien le llegaba enfermo le hacía una mezcla de hierbas con aceite de cocina para que se lo tomara, Paloma decía Feliciana así de grande y gordo es, mi amor, así de grande y gordo lo hizo Dios, mi vida, como maraca grande para guardar todos esos granos de maíz pues está hueco por dentro, como ese ojo que le falta al gordo.

Tadeo el tuerto hacía creer a las gentes que las cartas de palos y los granos de maíz le hablaban el futuro, Paloma me dijo una vez Feliciana vas a creer, mi vida, La Maraca anda diciendo que ve venir con su ojo tuerto una tormenta con granizos que va a quemar las cosechas y salió a aventarle maíces al cielo y con su carácter de hierba mala le habla al granizo para que caiga en otra parte, le grita con su mal carácter a los truenos para que caigan en otra parte y grita fuerte para que las gentes se asusten de que le está hablando al cielo La Maraca. Esa vez así fue, las gentes dijeron que los granizos no cayeron por lo que Tadeo el tuerto les gritó con su mal carácter. Tadeo el tuerto se murió, el aguardiente lo ahogó, él fue el que me disparó con la pistola en el hombro, de eso ya hace tiempo, cuando el señor Tarsone hizo que todas las gentes vinieran,

Tadeo el tuerto no pudo mirar aquello y las monedas envidiaba. Es que no hablaba mucho, no, no hablaba mucho Tadeo el tuerto, tenía las encías más grandes que los dientes y las palabras más chicas que la cabeza, y la gente lo empezó a ir a ver cuando las gentes venían a buscarme porque él les decía te digo el futuro con mi ojo tuerto y porque su poco hablar lo hacían parecer sabio y cuando hablaba les decía el futuro que podía quedarle al que tuviera enfrente porque El Lenguaje también es como un jorongo que le queda al que sea cuando es usado para decir el futuro, y así con su ojo tuerto les decía a las muchachas que querían saber si un muchacho las iba a buscar, les decía, ahí viene el muchacho, las cartas de palos ahí lo traen al muchacho, les decía a las casadas tu esposo es infiel y les hacía una limpia con las mismas hierbas a todas, con algunas se pasaba, las agarraba a las muchachas haciéndoles las limpias, pasándoles las velas y los huevos las manoseaba, a otras muchachas les decía tu esposo es fiel y les tiraba los granos de maíz y les decía mira, tu esposo te es fiel ahí lo dicen los maíces y esas no las manoseaba. Paloma se reía, le decía La Maraca, porque ella era curandera de sangre aunque ya lo había dejado por las velas y las noches con los hombres y la vida con Guadalupe, a Paloma le ofendía que Tadeo el tuerto se aprovechara de las gentes.

Paloma se enojó una vez que Apolonia se fue a ver a Tadeo el tuerto. A Apolonia vendiendo la seda de casa en casa, le había atraído un muchacho que no la correspondía y fue con Tadeo el tuerto que le tiró siete granos de maíz, las cartas de palos, le dio

167

de tomar una mezcla de hierbas con aceite de cocina y le cobró lo que se había guardado de lo que traía para el gasto, y además de las monedas Tadeo el tuerto le pidió una botella de aguardiente que Apolonia le fue a mercar a Aniceta de la tienda. Cuando le llevó la botella de aguardiente le dijo a Apolonia que el muchacho que no la correspondía iba a llegar a la casa para pedirla en matrimonio con una dote que me iban a traer a mí, que las cartas de palos le decían que le limpiara el camino con las hierbas y tomara la mezcla de hierbas con aceite de cocina para que el muchacho la fuera a buscar, le dijo que iban a tener dos hijos rápido, hasta tres hijos le dijo que veía en su futuro, y Apolonia se fue alegre porque el muchacho la iba a corresponder, la iba a pedir en matrimonio porque traía dote y pronto iban a tener hasta tres hijos. Apolonia les daba las hojas de moras a los gusanos de seda, rebosantes y empachados de sus piensos en los nombres que le iba a poner a sus hijos, pensaba en los nombres de nuestros familiares fallecidos que le gustaban y en nombres de las gentes a las que les vendía la seda para que cuando llegaran los hijos con ese muchacho que no la correspondía ella pudiera decirle los nombres que le gustaban y al poco tiempo llegó a la tienda de abarrotes una muchacha encinta con ese muchacho y Aniceta vino a decirle a Apolonia que el muchacho que le gustaba tenía esposa y estaba encinta. Apolonia estaba en trozos, yo no podía decirle por qué te fuiste a ver a Tadeo el tuerto, por qué te fuiste a verlo, hija, te dicen fuego y ahí vas a agarrarlo, sabes que es fuego y ahí vas a

168

tocarlo con las manos, no, yo no podía decirle eso, le pedí que me acompañara a la milpa, le hablé de las lluvias que se venían, de los calores que hacían, de los círculos de la naturaleza, porque los círculos si se rompen cambian las estaciones, porque el tiempo no anda en una línea, el tiempo anda en círculos. No sé si me entendió mi hija Apolonia lo que yo quería decirle, pero las enseñanzas que nos da la vida no nos las dice nadie, yo por eso le hablé de la naturaleza porque la naturaleza tiene respuestas a los males que nos aquejan, es cosa de mirar los círculos con los que anda el tiempo para entender la naturaleza que tenemos nosotros las gentes.

Le digo, yo no veo el futuro, yo tampoco puedo impedir la muerte de una persona, si alguien viene enfermo porque la muerte ya le puso su huevo y esa es la voluntad de Dios, yo no puedo hacer nada, pero si alguien viene enfermo y se puede curar, yo puedo curarlo porque eso es levantar a alguien que se cayó en el camino, y hay que ayudar a las gentes para que anden adelante, y levantarnos cuando nos caemos es algo que hace El Lenguaje. Los médicos sabios les ven los pedacitos a las gentes, que si la oreja, que si el pie, que si la mano o las reumas, los médicos sabios sólo miran los pedacitos de las gentes porque eso les dicen sus estudios, pero hay que verlo todo en las gentes enfermas para comprender sus males porque todo está unido y es algo que puede hacer El Lenguaje. Yo me di cuenta de que El Lenguaje podía curar las enfermedades enterradas en el alma cuando Paloma me trajo a Guadalupe. Aquí en San Felipe la gente es dura con los muxes, no los dejan tener pareja, no diga matrimonio, eso no se da aquí en San Felipe porque los muxes nacen para cuidar a sus parientes, pero la mamá de Paloma había fallecido, su papá Gaspar también había fallecido, no lo conoció porque falleció cuando su mamá estaba encinta, le digo ella no tenía familiares que cuidar cuando se hizo muxe, su familia éramos nosotras y Aparicio. Hay gentes que desprecian a los muxes, pero la mayoría en el pueblo les estima, les toman cariño, pero a ellas les restriegan las espinas antes de darles las rosas, si les dan las rosas. Paloma conocía a todos y con todos se hacía querer. Tenía a Guadalupe, que podía vivir con él porque ya no tenía parientes que cuidar, Paloma tenía amigas y con ellas también salía, pero cuando apenas Guadalupe se fue a vivir con Paloma un día se puso malo.

Paloma y dos amigas suyas me trajeron cargando a Guadalupe, se había desvanecido. Me dijeron que se había golpeado fuerte en la caída, se había convulsionado y a ellas cargándolo se les había caído otra vez. Yo rápido pude ver que estaba muy grave, pero su mal no era físico, era un mal enterrado en el alma, lo habían humillado y lo habían tratado mal, y eso se le vino cuando se fue a vivir con Paloma, a su papá lo traía enterrado, lo había tratado mal, yo había visto a ese hombre en el pueblo, ese hombre había sido malo con él, lo humillaba, se reía de él y eso lo traía enterrado Guadalupe, ese hombre le estaba supurando el alma, pero no le pude decir a Paloma porque aunque es mi sangre yo no puedo decir lo que veo, eso es de Dios,

Guadalupe le tenía que decir el mal que tenía enterrado porque para eso también es El Lenguaje, para prender la luz en lo obscuro. No para ver a las gentes en partecitas, sino para verlas todas porque el cuerpo es uno.

Yo no necesito que un enfermo me diga tengo esto, eso yo lo veo. Un enfermo me puede guiar, así como preguntan los sabios de la medicina a sus enfermos, pero no es necesario que me digan lo que tienen, eso yo lo sé con El Lenguaje. Con que me digan su nombre yo puedo entrar. Yo no puedo trabajar con gentes que no hablan porque a mí me fue entregado El Lenguaje. Una vez vino un hombre sin voz, un hombre mudo vino a verme, otra vez vino una muchacha que se le había ido la voz, los dos estaban graves de otras dolencias, pero así como vinieron se tuvieron que ir a otro pueblo para que los tratara un curandero porque yo no pude ayudarlos. Una vez me trajeron a una niña con el mal del silencio, sí sabía hablar pero no quería hablar y se orinaba cada vez que le gritaban y le pegaban para que hablara, yo cuando le pregunté cómo se llamaba a la niña me alcanzó a mirar y yo sentí que la niña había sido abusada por un desgraciado, pero no pude verlo, no me dio entrada, si no me hablaba yo no la podía ayudar, le di mi bendición y le dije a su mamá que la llevara con un médico sabio porque su hija estaba mal pero no de que se orinaba, esa niña tenía el mal del silencio por vergüenza, por las culpas que traía su hija se orinaba, por susto se orinaba así como le pasó a mi hermana Francisca, pero no pude decirle más, nomás le dije vaya con

171

un médico sabio porque se orina por otra cosa que no es el mal del silencio.

Hay gentes que nos tienen temor porque no comprenden lo que hacemos. Yo no soy bruja ni curandera ni adivina, eso lo sabe Dios, las hierbas y los hongos me dan el poder mayor de la contemplación porque ese es el poder mayor que podemos tener aquí las gentes en la tierra porque contemplando es como uno puede curarse o arreglar cualquier problema o malquerencia, y yo así con hierbas y niños hongos puedo contemplar el interior del enfermo, yo puedo ver el origen de su enfermedad física o su dolencia más enterrada en el alma y eso es algo que no pueden hacer los médicos sabios, las gentes nos tienen temor porque dicen cómo le hace, pero esto es algo que se hace desde nuestros antepasados, esto es tan antiguo como la tierra.

Yo después de la velada que le hice a mi hermana Francisca supe que podía curar a quien fuera, de la dolencia que fuera por obscura que fuera, pero hasta que curé a Guadalupe supe que podía curar las dolencias enterradas en el alma, esto también me enseñó Paloma cuando me trajo a Guadalupe. Yo por eso le digo a usted que trae El Lenguaje, Zoé, las gentes que trabajan con El Lenguaje para ayudar las gentes a ver las cosas también lo traen aunque no hagan curaciones.

A mí me dicen las gentes Feliciana cómo eres La chamana de El Lenguaje si no hablas el mismo idioma, pero yo les digo a las gentes yo no soy La chamana de los Idiomas, para eso tienen aparatos las gentes, yo traigo El Lenguaje que me deja ver el suyo, y eso es distinto. Antes de iniciarme yo no sabía muchas de las palabras que ahora puedo usar, eso es algo que pasa con El Lenguaje, una usa palabras que no conoce y al decirlas se revela su significado porque Dios es El Lenguaje y al decir las palabras uno crea también un mundo, otro mundo que es como este pero no es igual a este, ese es el mundo que creamos.

La enfermedad no distingue persona, profesión ni clase social. Lo mismo se enferma de la misma dolencia un recién nacido que un anciano, lo mismo un muchacho rico en monedas que un muchacho pobre, un desgraciado que un noble y una muchacha desgraciada que una muchacha dichosa. Así es desde los tiempos de nuestros antepasados, pero la medicina con sus avances no llega a todos los rincones a los que llega la sabiduría. Esa es la diferencia entre un sabio y un científico, el sabio en su contemplación todo lo puede ver, pero el científico está limitado a su conocimiento. El Lenguaje es naturaleza, El Lenguaje está en las hierbas, en los niños hongos que nos dejan contemplar, no hay rincón al que no lleguen con su juego los niños hongos y las hierbas Santas que fueron hechas de la mano de Dios, es por eso que yo puedo curar con las manos lo que algunos médicos no son capaces de curar, los niños hongos lo que me dejan ver no es el futuro de los adivinos o el pasado en el que viven los resentidos, me dejan ver el presente que es tan vasto y desconocido para el mismo cuerpo, cuerpo que todos tenemos y que no termina de conocerse a sí mismo, eso fue lo que yo vi cuando curé a Guadalupe, el amor de Paloma, en la velada que me lo trajo enfermo de las convulsiones.

Paloma, Guadalupe y sus dos amigas andaban bebiendo pulque y aguardiente cuando Guadalupe se cayó de la silla, se desvaneció. Así alto como es se cayó. Pensaron que sólo se había desvanecido porque no había comido, les dijo Paloma ni una tortilla con sal se desayunó, de suerte se había tomado una taza de café sin azúcar pero nomás, y trataron de reanimarlo, le echaron agua, una friega de alcohol. Se hizo un rumor, llegaron otros dos, y entre todos sacaron a Guadalupe para que el aire lo refrescara pero ni así se reanimó. Una de sus amigas llamó a otra que le dio un preparado negro a Guadalupe y se convulsionó. Paloma y dos de sus amigas llegaron asustadas a mi casa, Paloma estaba blanca como la luna y así de lejana tenía la mirada, sudada y asustada me contó lo que había pasado, me ayudó rápido a preparar la velada, sabían que estaba mal pero no sabía de qué. Paloma me dijo Feliciana es un toro Guadalupe, mi cielo, ayúdalo, mi amor, que se me va el corazón con él, mi vida, cúralo como yo curé a tu abuela Paz, se me va el corazón, cúralo como tu abuelo curó a mi papá, cúralo como curaste a Francisca porque ahora eres la única y la primera, tú tienes El Lenguaje y El Libro es tuyo. Cuando salieron, le pasé una vela por encima para mirarlo bien, la vela me comunicaba con su flama que estaba mal Guadalupe pero no tenía ni una sola herida de los golpes que me dijeron que se azotó, no tenía ni una marca en el cuerpo de lo que le había pasado y se me convulsionó

174

ahí. Ahí la flama de la vela me comunicó el camino para la curación.

Le pasé las manos y se le pasó la convulsión en el petate, le pedí que me diera su nombre y tuve entrada. Guadalupe caminaba de niño vestido con una túnica de tela naranja, un naranja encendido como incendio en la noche que a las gentes llamaba la mirada en la calle del pueblo, caminaba serio, como un adulto al que le pesa su pasado, y así iba a alcanzar a su padre que estaba vestido de manta al otro lado de la calle. El padre miraba a su hijo con la túnica de color naranja encendido como incendio en la noche y se burlaba de él, le decía te vistes como las viejas que visten santos, te vistes así como la vieja a la que no se le arriman ni los perros ni los mayates, en eso alguien le disparaba con un rifle y su padre caía herido. El niño Guadalupe en su túnica de naranja encendido como incendio en la noche miraba la sangre que le comenzaba a manchar la manta a su padre, corría hacia a él para ayudarle cuando el mismo rifle le disparaba al niño vestido de naranja encendido como incendio en la noche, pero no le daba a él sino a su padre que ya estaba herido y lo herían más, así fue que yo entendí que era el espíritu del niño el que estaba herido mas no su cuerpo, y que lo que estaba herido en su alma lo había hecho su padre. Vi que su padre estaba grave de la herida de los plomazos, que al niño no le daba el mismo rifle y vi que el niño sentía culpas, y se desvanecía para compensar, y se había ya enfermado varias veces antes de conocer a Paloma para compensar, yo vi rápido esas dolencias, pero en ese momento como en los otros momentos el niño vestido de naranja encendido como incendio en la noche estaba buscando la muerte para igualarse con su padre, el niño lo quería a su padre. Me acerqué a los dos, antes de que el padre muriera y pudo decirle al niño que de todas formas iba a morir, que no era su culpa, que si disparaban otra bala le daría a él. Y yo le cantaba una página de El Libro para que arreglara sus asuntos con su padre y así curara ese mal en sus hondas aguas. El niño vestido de naranja pudo hablar con su papá y cuando salió el sol, salí con Paloma, la miré con su cara de angustia sin haber dormido y los maquillajes escurridos, las otras dos muxes que la acompañaban ya se habían ido, y le dije que Guadalupe estaría mejor después de siete días y siete noches, y al cabo de cuarenta días y cuarenta noches, estaría alegre. Luego de que la luna se hizo nueva, Guadalupe vino a traerme unas monedas y me trajo desayuno.

No, yo no cobro por mi servicio, alguien como yo no cobra por lo que hace. Cobran los políticos, los mentirosos, y los huevones cobran doble, decía mi abuelo Cosme, porque además no trabajan, pero al saber no le ponen precio las monedas, el saber algo es lo mismo que ver y por decirle a otra persona lo que vio uno no recibe monedas, menos cuando eso que ve es al servicio de Dios. Aunque las gentes me traen monedas por lo que hago, y monedas de todas partes me han traído, yo recibo con humildad lo que me ofrecen las gentes que quieren mis servicios, pero yo no merco. Lo mismo agradezco que me regalen una taza de café endulzado, así como le gustaba tomárselo a mi papá Felisberto con su cara seria así como siempre estaba mi hijo Aparicio serio de niño, así como aquella vez con Guadalupe tomamos café endulzado cuando llegó recuperado, y agradezco a quien me da monedas porque en la casa siempre hemos sido muchas bocas.

Unos meses después de que Guadalupe mejoró, me vino a decir Paloma te traigo esto, mi amor, que te manda Guadalupe, mi vida, se siente sano y dice que lo dejaste como si hubiera nacido y te manda este ramo de flores que él te cortó en el monte. ¿Y sabe qué me mandó Guadalupe? Un ramo de flores naranjas, del mismo naranja encendido como incendio en la noche de la túnica que traía puesta cuando niño en la visión. Yo hablé con él cuando salió el sol, no recordaba la velada ni se acordaba cómo estaba vestido ni dijo lo serio que estaba en el mercado, ni dijo las humillaciones de su padre, porque a veces yo veo una cosa, pero lo que ve el enfermo es otra cosa, así es El Lenguaje, si yo le digo árbol, yo veo un árbol, pero usted ve otro, pero las cosas están más conectadas de lo que uno ve con la mirada, y eso es lo que se ve en el presente, y eso es lo que yo veo. Aunque usted vea un árbol y yo vea otro, está conectado con sus hondas aguas, y ese es El Lenguaje. Yo no le dije a Guadalupe de qué color era la túnica, y no le dije la visión que tuve en sus hondas aguas cuando vino a verme a desayunar. Cuando Paloma me entregó las flores que cortó Guadalupe para agradecerme que estaba alegre supe de qué página de El Libro venían como si me las mandara Guadalupe desde sus hondas aguas, como si ese niño Guadalupe le llevara flores a las guerras con su padre, porque las gentes llevamos flores a las guerras pasadas, así decía Paloma cuando se resaltaba la cicatriz en la ceja para que se le mirara más, y al ver las flores que me mandó con Paloma me alegró saber que ya estaba sano del alma que también se las llevaba el Guadalupe hombre al Guadalupe niño, y que el peso del naranja encendido como incendio en la noche de la túnica con el que su papá lo humilló tantas veces era el mismo color que había traído ahora vuelto flores.

14

Aborté cuando era ilegal abortar en esta ciudad. Primero intenté una pastilla que no sirvió. No le dije nada a mi hermana ni a mi mamá, aunque yo sabía que ella lo sospechaba. Fuimos a un edificio en la Zona Rosa, me acuerdo que estaba en un séptimo piso y que tenía una vista increíble de la ciudad. Una amiga de la universidad me había recomendado tocar, sin timbrar, la única puerta blanca de ese piso. Nos abrió una mujer que nos hizo esperar en una sala en la que había revistas viejas y una televisión encendida a buen volumen. Me dio un formulario que no requería ningún dato de Julián. Un impulso sin explicaciones me hizo rellenar el formulario con los datos de mi hermana, le mostré la hoja para que me llamara Leandra, entendió, bajó al 7-Eleven que estaba cruzando la calle. Había preguntas como cuántas parejas sexuales había tenido, qué religión practicaba, qué drogas consumía, con qué frecuencia, y al final había un párrafo en el que se detallaban las cosas que podrían pasarme en caso de que algo saliera mal, algunas causas posibles de muerte, y al firmar me comprometía a no responsabilizar al doctor que me iba a atender ni a la clínica. Julián volvió con dos cocacolas. No me tomé la mía en ese momento porque me iban a poner anestesia. No tomar ningún líquido fue una de las pocas indicaciones que me pidieron en la cita que hice por teléfono.

Cómo te enteraste de nosotros, me preguntó la mujer de pelo corto pintado con rayos y uñas decoradas, cuando aún no explotaba el boom de las uñas de acrílico, que me entregó y recogió el formulario. Por una amiga. Muy bien, me dijo con voz aguda, ponte esta bata que el doctor te quiere ver. De camino al baño había varios cuartos con las puertas cerradas y alcancé a ver en una puerta entreabierta a una chica dormida en un catre; al fondo había una puerta abierta con una plancha metálica, una luz de quirófano y una pequeña ventana rectangular con unas persianas verticales. El departamento tenía piso de parquet, las paredes y techo tenían un terminado en tirol. En el techo se marcaban círculos más limpios de lámparas alrededor de los focos ahorradores blancos y en las paredes estaban marcadas las huellas de cuadros o fotografías que antes colgaban. La suma de esas geometrías fantasmas evidenciaban que ese lugar era rentado, que probablemente antes era un departamento en el que vivía una familia. Regresé del baño y vi que la mujer de uñas decoradas tenía el logotipo de Chanel hecho a mano. No eran idénticos los logotipos en repetición, pero en todas las uñas tenía al centro una estampa minúscula plateada como un brillante de bisutería al centro de dos letras C de espaldas. Julián sacó el dinero que teníamos repartidos entre billetes chicos de la bolsa de su mochila, ella lo contó dos veces, y me acuerdo, sobre todo, que bajo la lamparita de escritorio encendida a plena luz del día sus uñas brillaban.

El doctor con el que había hablado por teléfono me explicó el procedimiento al reverso de un recetario con dibujos que eran más bien líneas y círculos inconexos. Estaba en la semana nueve y me iba a hacer una aspiración que calificó como un procedimiento sencillo. Aunque no me sentía cómoda en el lugar, me pareció haber corrido con suerte. El doctor me inspiró confianza. Lo primero que pensé es que ese último párrafo aterrador en el formulario quedaría, al menos, descartado. Me preguntó qué estudiaba, dónde trabajaba y me dijo que en las siguientes dos consultas de revisión no nos iban a costar y que me encargara de regresar a la universidad y al trabajo en el periódico tan pronto me sintiera bien.

Una anestesióloga de pestañas lacias, cejas caídas, cara lavada, pelo corto, con pinta de monja, y un fuerte olor a crema, el único olor que recuerdo de ese día y que me ha hecho recordar ese día las veces que lo he vuelto a oler contadas veces en la calle, se refería a mí paradójicamente como "madre", me pidió que contara del 100 al 1 y luego de tres o cuatro números caí profunda. Cuando desperté la mujer con las uñas con el logotipo de Chanel me dijo Ya terminamos, descansa un poco para que te vayas a tu casa. Le pregunté por Julián, me dijo que no se había movido de la sala y que en breve podríamos irnos. Me quedé dormida un rato, pero me despertó un cólico fuerte, y tras una cortina de analgésicos que parecía transparentarse,

181

me levanté. Julián me alcanzó en cuanto crucé la puerta, y poco antes de llegar a la sala de espera, la mujer de las uñas Chanel me dijo Estoy segura de que te duele, y te va a doler todavía hoy y unos tres o cuatro días más, pero cuando salgas del edificio procura caminar con la espalda derecha, mi reina, especialmente en el elevador no te jorobes ni te agarres el vientre, por favor, te lo pido por los vecinos.

Habíamos llegado en metro a la clínica y tomamos un taxi al cuarto de Julián. Eran demasiadas escaleras para llegar a la azotea. Estaba más adolorida que cuando salimos. Me acosté en su cama y me quedé dormida a la 1:30 de la tarde; dormimos los dos en la cama sobre el piso, y cuando me desperté ya de noche, me di cuenta de que había llovido durante la tarde. No me imaginé que a Julián le pegara, pero a veces una bola le pega a otra sin que haya sido previsto, prendió una vela que puso en una botella vacía de un vino que habíamos comprado en la tienda de abajo, y sin mirarme a los ojos me pidió una disculpa por no haber podido asumirse. Fue desconcertante, yo no lo había siquiera implicado. Me contó sobre un fin de semana que esperó la llamada de su mamá en Piedras Negras y esa llamada nunca llegó. Ella lo había dejado a cargo de su padre, y la situación por la que acabábamos de pasar lo había hecho sentir culpable, como si se hubiera convertido en todo aquello que lo lastimaba de su mamá. Yo no me sentía mal ni culpable por la decisión. Estaba muy adolorida físicamente. Las primeras horas, me di cuenta después, habían sido las más duras. Julián me había guardado la cocacola que no había podido tomar antes, eso fue todo lo que ingerí ese día y esa noche volví a caer dormida hasta el día siguiente cuando me despertó la llamada de Leandra.

Había dejado el Valiant 78 en la casa. Mi hermana pensaba que estaba donde una amiga, y me preguntó si podía usarlo, alguien más conduciría, y quería saber si llegaba más tarde a cenar a la casa. Julián se había ido a la biblioteca, y mientras hablaba con mi hermana leía una nota que me había dejado diciéndome que volvería después. Era sábado, no tenía que ir al trabajo, y podía quedarme en la cama todo el día si quería. Mientras escuchaba la voz de mi hermana, sin poderle prestar atención, recordé mi sueño: estaba dentro de una casa desconocida que parecía común y corriente, pero al salir notaba que se podía mirar a través de los muros. Volvía a entrar a esa casa que era de alguien más, no sabía de quién, pero por alguna razón yo estaba sola en ese lugar. Notaba que los muros comenzaban a transparentarse y que el techo era de vidrio. Pensaba que nadie me veía, nadie pasaba por allí, de pronto pasaban tres adolescentes desconocidos y miraban dentro. Me señalaban. Uno de ellos se burlaba de mí. Había un aspersor de agua y me daba tranquilidad mirar a través de él. Aparecía un perro y se ponía a jugar con el aspersor. Entonces me daba cuenta de que no estaba tan sola como adentro de la casa transparente, y el perro pareció un buen compañero, de pronto el mejor. No volví a la casa transparente, ese perro comenzó a seguirme en mi caminata sin dirección. Mientras Leandra me contaba quiénes iban a ir a la exposición, aparentemente algunos artistas, galeristas y editores conocidos de Jacinta, amigos de amigos de mi hermana, y como si la llamada hubiera evidenciado la relación entre mi sueño y la realidad, como un cable que descubría al tener otra perspectiva, de golpe entendí que había dado su nombre en el formulario como reflejo para esconderme de una situación que me hacía sentir mal. No estaba cómoda dentro de la casa en ese sueño porque los muros eran transparentes, y con la voz de mi hermana como telón de fondo, me pareció mejor estar fuera que dentro de esa farsa. No hay dónde ocultarse, mucho menos cuando se pasa por algo así. Además, no quería ocultarme y aunque no le prestaba atención a lo que decía Leandra fue importante escuchar su voz. ¿Por qué me había escondido tras el nombre de mi hermana? ¿Por qué me lo guardé después? ¿Por qué mi decisión no era digna? ¿Por qué tenía que justificarme? El día de la recuperación, y después de volver a dormir hasta sentir hambre, me fui a mi casa por la noche. El lunes volví a la universidad, entre las clases y de camino al periódico llamé a dos refugios de perros. Unos días después llegué a la casa con una perrita adoptada que tenía por ahí de un año. La regla se me retrasó después de aquel sangrado inducido, pero se regularizó pronto. Mi mamá aún no llegaba del trabajo cuando Leandra vio a la perra, le conté con detalle las opciones que había encontrado en un refugio y mientras le describía otro perro que me había gustado, Leandra comenzó a llamarle Rumba a la perra por un caminar arrítmico que le descubrió en el piso resbaloso, que acababa de trapear, en la cocina. Le conté que había abortado unos días atrás. Me hubieras contado antes y yo te hubiera acompañado, hermana.

Luego de los años que pasaron no me he arrepentido; al contrario, tomaría la misma decisión. La culpa de Julián se acomodó pronto. Hace mucho que no hablamos, dejamos de seguirnos la pista en parte porque se fue a Chihuahua a vivir con su papá y en parte porque así se tiraron las cartas. Pero poco después de que cumplí treinta y tres años alguien en la redacción del periódico pidió comida corrida de una fonda cercana, y un chico de unos catorce, quince años, llevó una charola café con platos de melamina beige, vasos y gelatinas amarillas que repartió entre los que nos unimos a ese pedido. Algo en su forma de moverse me recordó a Julián, y esa fue la única vez que pensé que de haber tenido un hijo a los diecinueve años ese hijo tendría su misma edad y me imaginé que se movería como el chico que repartió comida en la oficina. Conforme lo miraba moverse, estaba convencida de que así, como él, hubiera sido el hijo que no tuve con Julián.

Siempre pensé que para embarazarse bastaba dejarse de cuidar y a los tres meses cuando mucho resultaría una prueba positiva, pero no fue así como llegó Félix. Pasé tanto tiempo cuidándome de que no volviera a pasar que no me imaginé que fuera a tardar años en ocurrir. Algunas veces hablé con mi mamá sobre el tema, soltaba la misma frase para cerrar la conversación: "Aunque jales la flor, Zoé, no crece más rápido". Mi mamá tiene cinco, seis frases genéricas que mi papá, Leandra y yo conocíamos bien y que ella usaba para bajar la cortina metálica del negocio, para ponerle candado al tema. Durante esos años en los que Manuel y yo dejamos de cuidarnos no sabía si iba o no a pasar, y la frase de la flor era el fin de la conversación. Algunas veces le pedí que con sus dotes clarividentes me dijera si nos íbamos a embarazar o no, sobre todo cuando empecé a dudar si era posible, pidiéndole un poco más a mi mamá que me dijera que todo iba a estar bien, más que buscar respuestas médicas, pero cerraba los ojos, me decía déjame conectarme con el más allá y me volvía a soltar la misma frase de la maldita flor. Se reía al ver mi cara y me soltaba su clásico: "La vida tiene otras reglas que no son las del consumo, te toca ver eso, Zoé; además, no hay oráculos, las cosas pasan cuando tienen que pasar".

También fue ella quien me abrió la puerta de su casa una vez que fui a verla, y me dijo Vaya, vaya, hijita, este embarazo te va a sentar de maravilla. No había prueba de embarazo que pudiera probarlo, no me sentía distinta ni sentía nada extraño. Era poco probable que hubiera ocurrido ese mes en que los dos habíamos tenido mucho trabajo, pero un par de semanas después la llamé para decirle que la prueba había salido con dos rayas rosas y tranquilamente me contestó: "Claro, Zoé, es un niño saludable y precioso. Tu papá debe estar muy emocionado desde donde está porque su primer nieto viene en camino". Fue una noticia feliz para los dos, me acuerdo de que Manuel esa noche se puso a buscar carriolas en internet y eso me dio mucha ternura, pero por qué mi mamá estaba tan segura en esa llamada de que Félix era Félix es algo que nunca sabré si fue puntería, intuición o qué carajos.

Leandra empezó a salir con una chica por el tiempo en el que estudiaba en el taller de fotografía. Anna era la hermana menor de una amiga de la dentista con la que trabajaba mi hermana. Se habían visto por casualidad en el consultorio, se habían encontrado en una fiesta y ahí empezaron a salir. Anna era veterinaria y era unos años mayor que nosotras. Estaba haciendo prácticas con caballos en un club hípico para titularse de la licenciatura. Tenía un copete azul que solía traer de lado y el pelo negro casi siempre amarrado en una coleta corta. Usaba unas gafas de pasta y cuando uno la miraba a los ojos se subía las gafas al puente de la nariz como un tic, un reflejo que tenía aunque no se le estuvieran resbalando las gafas, como si se sintiera descubierta. Tenía los brazos anchos con urticaria, una cicatriz redonda y grande de una vacuna. Se sonrojaba fácilmente, tenía un volumen de voz grave, una forma lenta de hablar y la voz de mi hermana, especialmente en esa época, que era también grave pero menos que la de Anna. La voz de mi hermana había ganado presencia, sus carcajadas eran contagiosas, ocupaban espacio en cualquier lugar. A los diecisiete años se paseaba desnuda entre el baño y el cuarto, se sentía cómoda con su cuerpo, y su risa reflejaba esa misma comodidad. A los trece años, en la época en que provocó el incendio en la escuela, mi hermana hacía comentarios tenaces, pero su tono de voz era más bajo, con el tiempo fue ganando seguridad, como alguien que escribe letra chica a cierta edad y más adelante escribe en letras redondas y grandes sin que le importe demasiado la cuadrícula de la hoja. Me acuerdo de que en mi papel de hermana mayor varias veces trataba de ayudar a Leandra cuando me parecía que lo necesitaba, como una vez que mi papá la puso a cargar unas piezas para reparar un coche, parecía que no podía cargarlas, pero mi papá debajo del auto salió como un topo a decirme No la ayudes, hija, Lea puede con todo, y yo creo que ese tipo de comentarios le dieron soporte, tal vez la empujaron a la seguridad que ganó. Creo que a los diecisiete años no tenía la misma necesidad de llamar la atención como a los trece, Leandra estaba más segura de quién era.

Su novia Anna era todo lo contrario. Parecía avergonzarla su materialidad, como si con su voz lenta, grave, que hacía complicado escucharla como una letra a lápiz, sin presión sobre la hoja, y como si con su forma de ser silenciosa hubiera querido borrarse de la página. Un sábado Leandra me llamó al celular para decirme que Anna se había hecho un tatuaje en el brazo, y ella pronto se haría uno. Julián y yo fuimos al cine con ellas ese día más tarde, debajo de la cicatriz redonda de la vacuna, Anna tenía un tatuaje cubierto con una película de plástico, una gasa y no podíamos verlo. Ellas tenían una fiesta, nosotros teníamos otra, pero antes de dividir los planes fuimos a cenar. Ahí pude ver más de cerca la dinámica entre Anna y mi hermana. Me quedó claro que Leandra no estaba segura de casi nada de lo que venía, pero esa seguridad parecía enganchar aún más a Anna que parecía estar segura casi de todo menos de sí misma. Algo dijo mi hermana sexualmente abierto y Anna se enojó con ella. Leandra le dio un beso que llamó la atención de una señora que daba de comer una sopa a un niño pequeño en la mesa de al lado, visiblemente escandalizada, y nos dijo que de camino al baño le iba a dar un beso a esa señora para que se le pasara el susto. Fui detrás de ella al baño. Después de lavarse las manos —por ese tiempo se secaba las manos pasándose los dedos entre el pelo— me dijo Dos en uno, hermana, te peinas y te secas las manos en un movimiento. Casi siempre que salía del baño tenía los flecos largos peinados cargados de un lado, y mientras se cambiaba los flecos hacia un lado, me preguntó cómo me había caído Anna. Habíamos hablado poco, pero me caía bien. Le pregunté si estaba contenta y retocándose los labios con un lipstick que traía en el bolsillo del pantalón me dijo Que se joda esa señora juzgona y que se jodan todas las personas juzgonas, si viera lo rico que es darle un beso a tu novia, pero ahí tienen que hacer su cara de pedo cuando alguien hace algo que no les parece. Te gusta su tatuaje, me preguntó. Leandra me enseñó en su teléfono el dibujo: era la cara de un perrito, un dibujo caricaturesco que había encontrado en internet. Yo quería hacerle el dibujo en unas tres o cuatro líneas sencillas, pero me gusta cómo le quedó, me dijo mi hermana. Pronto se hizo su primer tatuaje de acuerdo a la promesa que le había hecho a mi papá.

Leandra con los dedos me enseñó dónde en el brazo se haría su primer tatuaje y caminó delante mío de vuelta a la mesa, me dijo Deberías animarte, debe ser mejor sobresalir en una morgue por tener tatuajes horribles de los que te arrepientes, como tener un pinche Bugs Bunny tan mal hecho que parezca un pollo rostizado, pero nadie más tiene los mismos rayones, y yo creo que en una morgue donde por fin todos estamos en igualdad, debe ser chingón que alguien diga mira, qué cagado, esa persona tiene un pinche pollo rostizado en el brazo, y el otro le diga a mí me gusta el pollo rostizado en torta de aguacate, cabrón, y que hablen sobre pollos rostizados de lo mal hecho que está tu tatuaje y bien confundidos con tu Bugs Bunny culero, pero así te distinguen del resto y les haces pasar un buen rato.

Leandra fue con Anna a la exposición colectiva en el Centro de la Imagen. Uno de los fotógrafos que también exponía le coqueteó a Leandra. Nos enteramos más tarde que tenía 31 años, pero en ese entonces nos parecía un hombre mayor. Julián y yo especulamos las posibilidades de su situación sentimental, por qué le coqueteaba a Leandra que apenas era mayor de edad. Bastó ese breve intercambio para que Anna le montara un drama a Leandra. Discutían en una esquina, me acuerdo de la sonrisa de mi hermana y cómo se cambiaba el pelo de un lado a otro, su pelo ondulado que había heredado de mi papá, mientras que Anna se subía los lentes al puente de la nariz, su tic estaba fuera de control. Desde donde estaba era evidente que Leandra no se enganchaba con la escena de celos; al contrario, estaba lejos de engancharse con cualquier cosa que no fuera esa exposición. Estaba feliz de estar allí, y quedaba claro que no quería que nadie le tronara los globos de colores en su propia fiesta. Anna fue al baño, enojada, sonrojada, y la dejamos de ver en la inauguración. Esa exposición fue el primer paso de mi hermana en la vida profesional, era un día importante para ella. Quizás todos tenemos en la adolescencia un momento así, una llamada del futuro, una invitación a lo que viene, el comentario de alguien mayor que determina nuestro camino.

Esa noche un hombre se acercó a ella para invitarla a publicar una de sus fotos en una revista, y una mujer bajita de pelo rubio que hablaba español fluido, pero con un fuerte acento inglés, se acercó a platicar con mi hermana sobre su trabajo. Anna se había desaparecido en su ataque de celos. Mi hermana estaba feliz hablando con la mujer bajita de pelo rubio y voz melodiosa, en algún punto las dejé y me fui a hacerle compañía a mi mamá y a Julián que deambulaban sin dirección con una copa de vino cada uno. Esa mujer con la que habló en la exposición la buscó años después para comprarle una serie de fotografías, una de las primeras series que hizo mi hermana. Era una coleccionista especializada en mujeres artistas latinoamericanas, tenía la colección repartida en algunos museos alrededor del mundo, y compró una de las primeras series de Leandra. Jacinta estaba muy impresionada con el hecho de que Leandra y esa mujer hubieran hablado. Fue hasta que terminó de hablar con la mujer bajita de pelo rubio que Jacinta le dijo que era La coleccionista, que tenía una casa enorme en Londres cerca del Museo de Victoria y Alberto, que hacía unas cenas míticas con varios artistas y galeristas que la querían y la procuraban.

Jacinta conocía a alguien que se había colado a una de sus ostentosas fiestas, sabía que tenía una colección impresionante de arte de mujeres latinoamericanas, además de una colección de primeras ediciones de literatura latinoamericana porque su hija pequeña decía que quería ser escritora, la coleccionista la había parido en un viaje a Buenos Aires y la niña tenía nacionalidad inglesa. Jacinta sabía que la hija de la coleccionista hablaba perfecto español. Algunas cosas se las habían contado directamente, otras las leía en las revistas de sociales que hojeaba en la fila del súper, ella misma no sabía que la coleccionista estaba en México, pero sí la había reconocido esa noche por las fotos que había visto de ella con todo tipo de celebridades.

Cuando Leandra nos alcanzó, mi mamá le preguntó por su amiga Anna. Leandra, que hasta entonces sólo se refería a ella por su nombre, le dijo Pero no es mi amiga, mamá, es mi novia, y se fue porque se puso celosa por una tontería. Fuimos entonces los cuatro a cenar unos churros con chocolate a una merendería en el centro a la que a mi mamá le gustaba llevarnos con mi papá desde niñas cuando estábamos por el rumbo, un pequeño local al que la llevaba su papá cuando niña a ella y a sus hermanos.

Leandra nos decía que no entendía por qué Anna era tan celosa, por qué no podía llevar las discusiones de un modo más ligero. Dijo en la mesa mirando a Julián No sabes cómo se pone, se priva y obviamente yo soy la que hace todo mal y ella es una santa que lo que hace todo bien. Llegó un mensaje de Anna que mi hermana no respondió. Mientras la conversación se dividió entre Julián y mi mamá, Leandra y yo especulamos sobre la vida amorosa del fotógrafo que le coqueteó esa noche. Sonó su celular, miró, me dijo Debe ser Anna desde no se qué número, ahora regreso. Salió unos minutos y cuando volvió me dijo en voz baja Era El Señor, le pidió mi teléfono a Jacinta. Le preguntó que por qué se había ido sin despedir, y qué le parecía si se veían otro día. Mi hermana estaba feliz, como si su estado de ánimo esa noche hubiera sido el imán que había atraído todas las limaduras de hierro a su alrededor.

15

Yo he tenido visiones desde niña, mis visiones se parecen al cine. He ido al cine ya algunas veces, aunque aquí en San Felipe no hay, me han llevado a la ciudad a verlo. La primera vez fui con unas gentes inglesas que me llevaron a la ciudad a ver la película en la que salgo yo, vinieron aquí al pueblo, pasaron tiempo aquí conmigo en las milpas caminando, fumaron tabaco conmigo, comimos la comida de mi hermana Francisca, me hacían preguntas así como usted me hace preguntas con la máquina, me grabaron con sus máquinas grandes que trajeron, vinieron con sus intérpretes, grabaron a Apolonia y a Aparicio en las milpas, Aniceta y Francisca no se dejaron grabar, a Paloma le hacían preguntas que ella contestaba y cuando acababa el intérprete ella sola se hacía más preguntas para que la siguieran grabando con sus máquinas, grabaron una ceremonia que hice yo a un muchacho enfermo que curé con hierbas y me acompañaron al cerro a escoger hierbas para hacer un Vino para un niño con una dolencia que un médico sabio no podía curarle, ellos querían mirar cómo curaba yo al niño. Yo a todos les di cigarros, café endulzado como le gustaba a mi papá Felisberto, Apolonia les ofrecía comida, los señores ingleses la encontraban bella me decía el intérprete, Aniceta se escondía como ratón en la tienda porque aquí había máquinas y gentes, mi hermana Francisca trabajaba las cosechas con Aparicio, Paloma hacía reír al muchacho intérprete, un muchacho flaco que trajeron las gentes inglesas que parecía que de un soplido saldría volando como vuela la bolsa de hule vacía, con un soplido del viento parecía que volaba el muchacho, estaba risas y risas con Paloma, se ponía colorado fácil porque Paloma rápido dice cosas de su vida de noches y el muchacho intérprete se ponía colorado. Una vez estaban preparando sus máquinas así grandes, y Paloma le dijo al intérprete, mi amor, yo he tenido sexo por bien educada, una vez no pude sacar a un hombre de mi casa por educada que soy y le dije quédate, mi amor, y ni modo de no ofrecerle el cobijo de mis calores. Guadalupe a veces iba a la sierra y dejaba su casa con Paloma, él no se iba de noches con otros muxes, él no necesitaba, hay gentes que necesitan y gentes que no, yo aquí he visto eso con muchas gentes, Guadalupe no necesitaba irse de noches ni le importaba, Paloma no le decía cuando se iba de noches, Paloma era así alegre, le gustaba el trato con otros hombres además de su casa con Guadalupe, y rápido le contó Paloma al intérprete de sus noches, el muchacho se veía que era muxe, eso se veía del puro ver, pero lo tenía dentro en el gallinero y Paloma le tiraba semillas a ver si picaba una, pero el muchacho intérprete nomás se ponía colorado.

Apolonia se había enseñado a hablar algo de español, así como Paloma también habló español con el intérprete, ellos así hablaron con el hombre que trajo a las gentes, el que vino a hacer la película, Aniceta también se enseñó, pero no dijo nada, Aparicio puras malas palabras sabe y a él no le entendían nada. El muchacho intérprete era estudiante de lenguas de una universidad en Inglaterra, él hablaba bien mi lengua, ya sabe que del otro lado del barranco se usan otras palabras, del otro lado del río, otras, y otras se usan pasando la sierra, y el intérprete usaba palabras que aquí no usamos, pero yo les entiendo a los intérpretes que me traen, este le digo traducía poesía del mazateco, del zapoteco y del mixe al inglés ahí en su universidad, y yo le veía flaco como espiga y se ponía colorado al hablar, sus huaraches que se compró en el pueblo los usaba con calcetas blancas, y yo le decía muchacho para qué te pones calcetas si son huaraches, los tacos no se comen con cubiertos le decía yo, pero al día siguiente lo veía entrando por la puerta de la choza, agachando la cabeza porque no cabía de lo largo, y me traía algo del pueblo, y ya no le decía nada de sus calcetas y sus huaraches, tenía buenas intenciones el muchacho intérprete, y no sabía usar nuestras cosas, pero sabía hablar nuestra lengua como si fuera de por aquí, parecía que así güero y largo había nacido aquí en la sierra, de las gentes extranjeras ese muchacho era el que más entendía nuestras lenguas.

Paloma salió en la película y fue por ella que el cine se llenó de muxes que traían sus ánimos, sus gritos y cumplidos cuando fuimos al cine de la ciudad, no le digo cómo iba de arreglada Paloma y cómo arregló a mi hija Apolonia para ir al cine. El

muchacho intérprete fue conmigo, se sentó con nosotras, y él me iba diciendo todo lo que decían antes
de que empezara la película y después que hicieron
unas preguntas que el inglés contestaba.

Cuando me miré fumando en la milpa, ahí en
el cine, que es como empieza la película, sentí algo
muy extraño. Cómo le digo. Paloma nos puso espejos en la casa, me dijo Feliciana, mi vida, no puede
ser tus muchachas tan bellas, Francisca y tú tan bellas no pueden salir así como pedos de yunta sin
antes verse cómo resaltan sus brillos, mi cielo. Esos
espejos que nos puso Paloma en la casa me parecían
bellos, no porque me podía mirar ahí, mirarme no
me interesa, pero todo se refleja ahí y eso me pareció bello porque los espejos parecen hechos por la
mano de Dios, como hizo Dios las piedras y los ríos
que corren, así parecen los espejos que nos regresan
los reflejos. Verse en el cine es muy distinto a verse
en los espejos, pero en las ceremonias uno se refleja
cerca, como en los espejos. En sueños una mira
cómo hace cosas, una mira las cosas que hace y es
extraño verse en sueños porque una se acerca a las
cosas y no puede agarrar nada, no se despierta con
nada traído del sueño porque los sueños son reflejos. En el cine una imagen sigue a otra que sigue a
otra y que sigue a otra y una no puede agarrar nada
como en sueños, pero todo lo que vemos pasó, usted vive todo lo que mira, y así son las visiones que
yo tengo como el cine. Los sueños son ligeros como
los pájaros, rápido se olvidan los sueños porque vuelan, pero no se olvida lo que ve en el cine porque lo
vivió, así son las visiones. No nos llevamos nada de

las visiones que vivimos pero nos vienen a traer un mensaje que sí nos llevamos, así como tampoco nos llevamos nada de esta vida porque nada es de nosotros en esta tierra, todo nos lo presta Dios, todo lo que tenemos tiene Su nombre, todo lo dejamos en esta tierra cuando nos vamos porque todo es prestado y si algo nos llevamos es Su mensaje, y ese mensaje lo podemos ver en la ceremonia.

Paloma estaba alegre, Paloma me decía Feliciana, mi amor, soy estrella de cine, en la película hablo de mi papá Gaspar que me pasó las curaciones en la sangre, pero te digo que la azúcar que traigo en la sangre para endulzar yo la cultivé con mi caña, mi amor, deja que me den una telenovela como las que mira Aniceta en la televisión de la tienda con la muchacha, mi vida, deja que me vean en una vela, mi cielo, deja invito a los ingleses a una vela que me vean bailar: yo le prendo fuego hasta a los apagados. Aniceta, como mi hermana Francisca, no hablaban de la película, Aparicio dijo que no tenía la voz de muchacha así como salía en el cine, pero le estaba haciendo sus cambios la voz y estaba molesto. Yo no sé de dónde le aprenden los hijos tanto a los muertos porque Nicanor así estaba molesto cuando regresó de la guerra, como Aparicio estaba molesto con los cambios de la voz. Paloma me decía Feliciana esa película te hizo famosa, mi cielo, por eso se dejaron venir guapos de todas partes, tan guapos los hombres que vienen a conocerte que voy a comprar una máquina para tomarles fotografías y venderlas en el mercado, mi vida, y les pongo mi beso rojo para así venderlas más caras, bella.

Vinieron muchas gentes a verme, hablaban otras lenguas, venían de tierras lejanas y preguntaban por mí. Vinieron gentes de todas partes, vinieron gentes de universidades de Inglaterra y de los Estados Unidos, vinieron gentes de Japón a que les enseñara yo de hongos, querían que les dijera yo con la intérprete de mi tamaño, la trajeron de Japón y tenía el pelo brilloso como la noche despejada, ella me decía Feliciana cómo se cuidan los hongos para llevarlos al laboratorio en Japón, me decía ella seria así como era serio mi niño Aparicio desde que lo echaba en su hoyo al lado de la milpa. Los hombres le decían cosas en su lengua para que los estudiantes de los hongos que vinieron supieran cómo cuidar los hongos en su laboratorio en la universidad en Japón, y a ellos y a la intérprete con el pelo brilloso como la noche despejada yo les decía: es al revés, los hongos los van a cuidar a ustedes, llévenselos para que los hongos me los cuiden a ustedes en Japón. Y los hombres japoneses se reían, la intérprete les decía cosas, y ellos se reían, no entendían lo que yo les decía y su intérprete de mi tamaño muy seria no se reía, decía todo lo que yo decía como si fuera misa.

Así vinieron gentes que querían llevarme a Europa a hablarle a las gentes, me decían Feliciana háblale a las gentes en las universidades porque ellos quieren conocerte. Paloma me decía Feliciana, mi amor, vámonos con los güeros, le digo a Guadalupe que vamos a la sierra tarahumara a hacer unos trabajos con los ancianos enfermos, pero nos vamos a pasear con los güeros y nos fotografiamos donde quiera, mi vida, para vernos bien bellas por el mundo. Yo no tengo papeles, Paloma tampoco tiene papeles, pero las gentes que venían me ofrecían papeles a mí y a Paloma. Yo los escuchaba a todos con humildad porque sabía que querían que fuera con las gentes en las universidades en Europa, los escuchaba con humildad por las buenas intenciones, por agradecimiento con ellos y con Dios, pero yo nunca he salido de aquí porque esta es mi casa, esto es lo que yo hago, y lo que yo hago no es ir a hablar a las gentes en los auditorios, yo no hablo a las gentes en las universidades, yo no hago viajes al exterior. Para los viajes que yo hago no hace falta salir de la choza, los viajes que yo hago son con El Lenguaje. Paloma quería irse donde quiera por el mundo, les dijo a unas gentes francesas que la llevaran con Guadalupe, le dijeron quién es Guadalupe, y Paloma les dijo es mi esposo, pero me puedo ir sola, pero no se quisieron llevar a Paloma por muchos cumplidos y risas que les dio a los franceses. Yo les dije llévense a Paloma, ella trae en la sangre lo mismo que yo traigo en la sangre, ella heredó de mi abuelo y de mi bisabuelo, ella me enseñó todo lo que yo sé de esto, Paloma fue la que me dijo El Libro es tuyo, y Paloma miraba a las gentes francesas, y yo les decía ella puede enseñarles mucho a las gentes en los auditorios en Europa porque aquí en el pueblo y en la casa nos enseña a todos Paloma, pero las gentes francesas no quisieron llevársela, y Paloma me dio un beso porque yo le di mi mano con los franceses.

Sí, vinieron los muchachos músicos de Argentina, me decía Paloma muy conocidos, aunque ella tampoco sabía bien por qué eran tan famosos, alguien le dijo en el pueblo y viajaron rumores porque vinieron gentes de la ciudad cuando se enteraron que aquí iban a venir los muchachos músicos de Argentina. Los tres muchachos ponían a gritar a las muchachas, cantidades de muchachos los seguían y cantaban sus canciones. Apolonia no conocía su música, pero se puso nerviosa cuando el muchacho de la voz la saludó, yo miré que no los podía mirar a los ojos, tenían aires grandes, no aires pesados, sino que así tenían fuerzas en sus aires, yo esas fuerzas las puedo mirar sin que las gentes me digan lo que hacen, hay gentes que así se les miran los aires sin que me digan nada. Todos nacemos con aires, algunos se ven del puro ver. Yo de lo que vi en sus dos veladas, eran muchachos sencillos, sus aires eran grandes, más grandes los aires del muchacho de la voz, lo que yo miro en los aires es la creación, la creación es lo que se mira en los aires, no es la estela de las gentes que celebran a las gentes, tampoco los aplausos, son las creaciones las que yo miro, esos son los aires grandes que le digo, yo esos aires los veo rápido cuando vienen a verme los artistas. Así su estela grande le vi a un poeta que vino a verme de la ciudad, un poeta güero, él grande tenía su estela y yo le dije tú traes la estela de creación. Si alguien nace con la creación no importa cómo se vista, no importa que un médico sabio se vista con sus batas blancas, importa que traiga la curación en sus aires, importan sus acciones y sus creaciones porque esas son las que traen fuerzas, las gentes que los miran saben que ahí están las fuerzas, y los tres músicos de Argentina tenían aires, se llevaban bien entre ellos, se les veía que se entendían. Paloma cantó con ellos unas canciones que tocaron en mi casa, unas canciones mexicanas que se sabían y que Paloma se sabía, esa fotografía que dice la tomó un muchacho que venía con ellos al que no le hice ceremonia, pero muy amable nos mandó esa fotografía que Paloma tenía cerca de su espejo con fotografías de otras gentes famosas, yo no quise salir en esa fotografía con los muchachos músicos de Argentina, pero sale Paloma. Les hice dos veladas con los hongos y luego me mandaron un disco que tenía unas canciones inspiradas en esas veladas, me dijeron que una me la dedicaron. A uno de ellos se le había muerto la mamá, le regaló su primera guitarra y yo miré en la velada que ella le enseñaba a tocar guitarra en un baño blanco como la niebla cuando baja del monte, así blanco era el baño y frío se sentía, ella le decía se oye mejor la música en el baño, y él se puso las manos en la cara cuando le dije eso. Aquí no tengo dónde escuchar esa música, ahí está el disco que me dice, me lo mandaron los muchachos músicos de Argentina, mi hermana Francisca me guarda todas las cosas que me mandan, la música, los papeles, los periódicos, algunos libros. No los puedo leer, pero aprecio los libros aunque no los puedo leer porque en su forma todos son iguales como somos iguales nosotros las gentes en la forma, yo aprecio los libros porque son iguales a El Libro y porque todos son hijos de El Lenguaje.

Sí, vino el dibujante de cine para niños, sí, nos enseñó dibujos suyos y tiempos después trajo cosas del niño con guitarra. Luego de regreso en los Estados Unidos mandó otras cosas después de la velada que tuvimos con El Libro. Él tenía como yo a su abuelo que lo crio, porque yo tuve mi papá Felisberto pero mi abuelo Cosme me crio, mi papá falleció de la neumonía que se lo llevó y yo quise a mi abuelo Cosme como mi papá, aunque yo a mi papá Felisberto lo honro todos los días con mi trabajo, porque si una honra sus antepasados está bien parada en la tierra, y al señor dibujante de cine para niños lo crio su abuelo, yo vi su casa rodeada de verde, un verde brillante y una casa blanca de muchas ventanas yo vi, y lo vi: su mamá dejó la casa, la vi dejando la casa y dejando a su hijo, su abuelo pasó por el niño, y él lo crio, le daba sus monedas para ir a la escuela, le daba techo y comida su abuelo, vi que hablaba con sus juguetes y con las cosas el niño y de ahí salían sus creaciones con el cine de niños que era su trabajo, y le compró una casa a su abuelo con su primera creación, eso me dijo, eso no lo vi, pero vi su casa de niño y le dije lo que le decía a sus cosas, y una de las cosas que les decía cuando su mamá lo dejó lo hizo película para niños después de las veladas. Mandó cartas que me leyeron como me leían las cartas que me mandaba Nicanor cuando estaba en la guerra con los soldados revolucionarios, sus cartas muy amables todas, en todas muy agradecido el señor dibujante de cine para niños. El nombre de la película para niños no lo recuerdo, pero usted la encontrará rápido en sus aparatos, es una película para niños que le salió de lo que vio en la velada el señor dibujante. En sus paseos le vino la idea por el día de muertos. Las cosas que siempre lo habían perseguido en sueños, las cosas que lo habían perseguido en malos sueños hicieron las paces, me dijo, y se fue tranquilo porque vio cuando su mamá se fue, miró por qué su mamá dejó la casa y las cosas que él le decía a sus cosas le dieron a entender dónde estaba cuando me vino a ver, porque eso hace El Lenguaje: le da orden a las cosas, como la primavera que viene del invierno que desestanca las siembras, El Lenguaje lleva a los tiempos fértiles del verano, le da orden a las cosas que uno vivió y una así mira claro el presente. A mis nietos todavía le siguió mandado cosas de su creación, y el señor dibujante de cine para niños quería que mis hijos llevaran a mis nietos a ver sus películas en los Estados Unidos, luego quiso pagar un viaje para mis hijos a los Estados Unidos, pero mis hijas no quisieron y Aparicio pidió las monedas en vez de los viajes. Luego el señor dibujante de cine para niños hizo que me llevaran a la ciudad a ver su película inspirada en la velada, fui con mi hija Aniceta que entendía y me decía algunas partes, Aparicio no pudo ir con mi nieto, Paloma no quiso ir con nosotras porque decía que a ella sólo le gustaban las cosas de niños cuando ya eran señores.

El señor dibujante de cine para niños se enteró que no pudo verla mi nieto Aparicio y nos mandó aparatos de los Estados Unidos para verla, pero los aparatos ocupaban más electricidad de la que podía sostener el cable que tenemos, por el barranco con trabajos pasa la electricidad en un cable que como bestia carga bultos pesados y se iba para atrás en el barranco de lo pesado que están los bultos de luz y con los aparatos a la bestia se le pandeaban las patas y nos quedamos sin luz varios días porque conectamos uno de los aparatos, el más chico de los dos aparatos era donde se metía la película pues ese mismo cable no aguantaba ni las lluvias como una bestia vieja que no aguanta una dolencia ligera, era frágil el cable, lo más frágil de la casa era ese cable de electricidad, así que mi nieto Aparicio no pudo mirar la película que el señor dibujante de cine para niños hizo después de su velada conmigo. Después de ver la película para niños con Aniceta le hice llegar un mensaje al señor dibujante de cine para niños con unas palabras, él me mandó una carta y monedas, pero eso no era lo que buscaba yo, quería decirle cómo la había yo mirado.

Una escritora también vino y luego me mandó su libro en inglés en un sobre amarillo así con sus letras bellas y púrpuras, cuando vino me dijo que escribía en púrpura, ella es muy creyente de las horas en que se nace, de las estrellas que vieron el alumbramiento, decía que las estrellas que nos vieron el alivio alumbran nuestro futuro, y yo no supe decirle nada de eso, pero era muy creyente de las horas y las estrellas y el color púrpura era su color porque decía que era el color de las estrellas que vieron su alumbramiento, ella decía que el púrpura era el color de su nacimiento y como ella escribía se vestía de rojo porque decía que la protegía el rojo y el púrpura con el que escribía era cómo nacían sus palabras de los colores de su alumbramiento, y yo miro su libro y digo es muy bello por todos los colores que tiene en la portada, tiene sus colores, tiene rojo y púrpura en la portada, y yo sé que ese libro es bello, me imagino que a mis antepasados también les gustaría mirarlo aunque ni ellos ni yo sabemos leer, tampoco aprendimos español ni inglés, porque para qué aprendemos otras lenguas, aquí nadie quiere aprenderse la lengua del gobierno ni queremos vestirnos con sus ropas de ciudades, y así como nosotros no nos metemos con sus lenguas ni sus ropas, nos gusta que respeten las nuestras porque también como los parientes son nuestros antepasados las ropas y nuestras lenguas. El libro de la escritora es bello si lo mira, el sobre es bello porque le hizo unos dibujos de hongos púrpura y por eso lo guardé también adentro del libro. Ella percibió los hongos conectados entre sí, y eso me gustó porque yo así también los veo, yo por eso los puedo matrimoniar cuando los encuentro en el monte, eso dibujó con púrpura en ese sobre amarillo. Luego me mandó el libro en español, pero ese tampoco lo puedo leer, y mis hijos no leen aunque algo hablan. Del libro en español, yo lo miro, miro la portada, y le digo está feo. Luego así hay gentes en las familias, de los ocho hijos que tiene una muchacha sólo un hijo cosecha belleza de los abuelos y los bisabuelos, así como el rico muestra sus oros, el que cosecha la belleza de los parientes presume sus apariencias, así igual hay uno que cosecha lo feo, no tiene gracias que le miren, ese es el hijo que cosecha lo peor de las apariencia de todos los parientes que nacieron antes, así de feo era el libro que me mandó en español

206

la escritora, y así de bello el que me mandó en su lengua.

Mi hermana Francisca tatemaba chiles en el comal, teníamos frijoles, atole, calabazas y tamales, Paloma comía con Guadalupe en la casa, lo vio el libro, le dije que estaba feo y me dijo Feliciana mira el atiborradero de palabras, mi amor, menos mal que no tienen sus casas así atiborradas como sus libros porque se les desparraman las cosas por las ventanas, estos libros sirven para poner las ollas en las mesas para que no se quemen las tablas. A Paloma le daba lo mismo si un libro era bello o feo, a ella lo único que le importaba eran los hombres bellos, pero si se trataba de seguirme la corriente, ella siempre estaba conmigo fuera lo que fuera, ella tenía eso, era leal Paloma. Nadie era así de leal como ella, le digo. Yo no le dije eso a la escritora, su trabajo es lo que llevan adentro los libros, así como los frijoles con sal hacen el taco, y la escritora es una persona bella y ella tiene los aires de la creación, y un día me trajo a su hijo para que lo conociera una vez que estaban paseando por aquí cerca en una playa, vino con su hijo y su esposo, me dijo te quiero presentar a mi hijo, y les di café endulzado y me fumé un cigarro con su esposo aquí en mi casa, y les di unas mezclas de hierbas, me pidieron que les hiciera un Vino para ellos y me agradecieron mucho porque el niño se les había enfermado del estómago por un pescado pasado que se comió en la playa, y ahí me dijo que su libro la había hecho viajar por los países extranjeros y eso había sido gracias al viaje que había hecho aquí a mi choza, de las creaciones que salieron de la velada. Ella es una mujer bella, yo eso lo vi en su interior y en sus aires se ve.

Mi hermana Francisca guarda los artículos en un guacal allá, los periódicos, los libros que nos han mandado en otras lenguas, los trabajos de universidad, yo los miro, los toco, les paso sus hojas, todos me parecen de buenos colores, aprecio el olor de los libros más que de las revistas que huelen a comercio, me fumo mi cigarro y me reconozco en las fotos en blanco y negro que me dice del fotógrafo gringo, un hombre que se pasó tiempo conmigo preguntándome cómo había crecido yo, me preguntaba de mi papá Felisberto en las fotografías que salgo fumando en blanco y negro, aunque la chispa de mi cigarro sale como un punto blanco en esas fotografías en blanco y negro, se me figura a la azúcar cuando se cae en la tierra más que al fuego de mi cigarro que me fumo y gozo, pero dicen que las estrellas también están amasadas con fuego y de lejos en la noche se ven así como la azúcar tirada en la tierra en la noche estrellada, y yo me miro en esas fotografías del fotógrafo gringo en las que salgo con la punta del cigarro blanco, en varias fumando porque les digo a los fotógrafos así mejor me retratan que en mis veladas, les digo El Lenguaje no se puede fotografiar, por qué me quieren sacar fotografías a mí yo no sé, bueno fuera que le sacaran fotografías a El Lenguaje, de eso están hechas las veladas, pero sáqueme una foto con mi cigarro que ese si se puede grabar como se graban en fotografías las estrellas blancas a lo lejos como azúcar tirada en la tierra.

Tadeo el tuerto quiso aprovecharse de las gentes cuando se enteró que vino el banquero gringo con su esposa, yo no sé cómo Tadeo el tuerto se enteraba de las cosas que traían, de las gentes que venían, entonces no habían venido los músicos ni los artistas, no habían venido todas las gentes que vinieron luego de que vino el banquero gringo con su esposa la médica sabia, ellos fueron los que me trajeron todas las gentes que vinieron luego de que hicieron la película los señores ingleses, y cuando el banquero y su esposa vinieron a buscarme rápido escuchó Tadeo el tuerto el ruido de las monedas, se enteró la de monedas que tenían los señores Tarsone, y rápido los fue a buscar para que fueran a su choza a que les dijera el futuro con los granos de maíz que tiraba y las cartas de palos que usaba para decir que veía el futuro con su ojo hueco.

El banquero gringo y su esposa vieron esa película en Nueva York, de ahí son, y se interesaron en mí, en mi camino con las curaciones con El Lenguaje, las hierbas y los hongos. Él ya estaba interesado en los hongos porque su esposa era una médica sabia para niños, muy conocida en los Estados Unidos, trabajaba con las medicinas alternativas para niños y tenía estudios con varios hongos, pero no conocía los hongos de México y así fue que cuando sus dos hijos crecieron y se fueron a las universidad ellos se hicieron aficionados a buscar los hongos por el mundo, daban su dinero a las curas alternativas a las medicinas de los laboratorios y así se fueron a viajar alrededor del mundo buscando los hongos y las plantas. Trabajaron con los hongos de la penicilina, con los hongos curativos porque los hongos en todas partes tienen sus propiedades dependiendo de adónde son, pero cuando los señores ingleses que vinieron a hacerme una película se la enseñaron al banquero y su esposa, y ellos me vieron así en grande que yo usaba los hongos del monte así grandotes llenos de tierra que metía yo en los sacos de telas de algodón, aunque esos hongos yo nos los pude usar para las veladas porque las gentes que lo grabaron los miraron, pero sí les pude explicar cómo los usaba mientras les quitaba la tierra y los guardaba, y también los llevé al monte entre San Juan de los Lagos y San Felipe al que me fui a caminar con mi papá Felisberto antes de que falleciera, donde brotan los niños hongos y en tiempos de lluvias no se dan abasto pues crecen por todas partes, y el banquero y su esposa los miraron grandes en el cine, se sorprendieron harto y buscaron a los hombres ingleses y el señor inglés que hizo la película les contó que vinieron diario durante un tiempo a la casa en yeguas y burros, que pagaron a la gente del pueblo para venir al barranco con sus máquinas y sus cosas para meter todo en la película, porque querían meter toda mi vida en su película, yo me reía cuando me decían eso con el muchacho intérprete, y esa misma noche en las celebraciones después de la película el señor inglés les dijo más de mí y les dijo cómo llegar adonde vivimos aquí en San Felipe.

Así conocí al señor Tarsone, en cuanto pisó San Felipe la gente lo empezó a llamar Sr. Tarzán. Le digo que Tadeo el tuerto rápido se enteró del ruido que hacían las monedas que traían y estaba Sr. Tarzán por aquí, Sr. Tarzán por acá, él los conoció antes que yo a los señores, él les dijo mentiras, pero alguien en el pueblo les advirtió que Tadeo el tuerto era mentiroso, que no le dieran monedas y trajeron a los señores aquí conmigo, pues habían venido hasta acá porque querían conocerme. El señor Tarsone me trató con respeto y agradecimiento desde que me dijo su nombre. Le hice una velada a los dos, a él y a su esposa médica sabia que investigaba las curaciones alternativas para los niños, yo del puro ver vi que necesitaban encontrar algo. En esa velada aparecieron sus dos hijos y ella vio todo lo que había de ella en sus hijos, así de claro como se separa el aceite en el agua vio todo lo que le gustaba y todo lo que no le gustaba que había de ella en sus hijos, y él vio a su mamá. Estuvieron viniendo varias veces, tomaban notas, tomaban fotografías, me pidieron grabar mis cantos con El Lenguaje en una velada, y yo les dije que sí. El señor Tarsone trajo un aparato y trajo una gente para manejarlo. Estuvieron viene y viene de adonde viven aquí a San Felipe, y en una de esas venidas la señora Tarsone me dijo Feliciana te vamos a hacer una casa, y así nos mandaron a hacer esta casa, cuando me lo dijo yo le dije que no, que ya teníamos una, no quería aceptarla, humildemente yo había aceptado todo lo que me habían dado, a ellos y a los demás. Los centavos, las monedas extranjeras, el aguardiente, el tabaco, las comidas que nos traían y las cosas que traían a mis tres hijos todas las gentes que venían, las cosas que traían para mi hermana Francisca, para

Paloma, para Guadalupe, para mi mamá, que descanse en paz, también le tocó cuando empezaba yo porque a todos nos trajo bondad. Así me pagaban mis veladas, quien viniera así me pagaba, con su bondad, pero yo no le pongo precio a lo que hago, yo no le puedo poner precio porque no tiene precio lo que yo hago, es como si le dijera póngale precio a su caminar, eso no se puede hacer, pero también tengo familia y les doy cobijo a todos, y les agradecí que quisieran hacernos una casa. Cuando los señores Tarsone mandaron los materiales y a los muchachos a que levantaran la casa, supe que era un regalo de ellos y un regalo de Dios, y se los agradecí a ellos y a Dios porque los regalos son bendiciones. El señor Tarsone estaba agradecido conmigo y decía que eso no era nada, las ceremonias le habían dado más a ellos, me decía Feliciana tu familia y tú nos han dado más a mi esposa y mí, me decía el señor Tarsone, y me mandaron un intérprete de barbas y bigotes para preguntarme dónde quería yo las cosas en la construcción, y cada vez que venía el intérprete de barbas y bigotes le ofrecía yo tabaco y café endulzado, así como le gustaba a mi papá Felisberto tomarlo. Guadalupe vino con una botella de aguardiente a estrellarla en la pared para las celebraciones, Paloma trajo a sus amigas que se juntaban en las velas, Aniceta trajo a la señora dueña de la tienda con sus parientes, vinieron de gentes a comer los tamales que hizo mi hermana Francisca. Bien contenta andaba cuando nos vinimos aquí. Mi hija Apolonia luego se casó con un muchacho, ellos vivieron aquí, también con sus dos hijas, todos alcanzamos a vivir en la casa que hice como quise con ayuda del intérprete de barbas y bigotes, una vez le curé un mal de la espalda con una oración y poniendo mi mano en la espalda lo curé, él me tenía aprecio y respeto porque me decía que los médicos sabios no habían podido quitarle la dolencia de la espalda y estaba muy agradecido, venía con señores de cascos que pusieron todas las esquinas donde tenían que esquinarse, las ventanas donde yo las quería, los señores Tarsone mandaron colchones que no habíamos tenido antes, nos mandaron hartas cosas, pero hartas cosas nos mandaron que no sabíamos cómo usar, hartas cosas que tampoco queríamos usar, y todo eso nos lo mandaron los señores Tarsone en agradecimiento, y mi hijo Aparicio rápido les cogió el gusto a las cosas que nos mandaban que él y su muchacha, tampoco sabían usarlas, pero les cogieron el gusto y lo ponían todo en su casa, Paloma hasta algunas de esas cosas vendió en el pueblo y con eso iban al mercado Guadalupe y ella, compraban ropas para las noches y ropas para los días y alcoholes para los fríos.

No, yo les dije que no, a la choza que usaba para las ceremonias no le podían quitar el piso de tierra y el techo de tejamanil, el intérprete con barbas y bigotes y casco quería eso, pero la choza es igual que cuando empecé mis veladas, así es como curé a las primeras gentes que me trajeron, ahí curé a mi hermana Francisca de que la muerte le pusiera su huevo y ahí tuve la velada que le hice a Guadalupe donde vi que tenía a su papá enterrado porque lo humillaba vestido en la túnica naranja brillante

213

como incendio en la noche, mi choza tiene todas las curaciones, tiene todas las palabras que ha curado El Lenguaje, y en eso se parece la choza a El Libro, ahí están todas las veces que he usado El Lenguaje para curar y esta choza es su morada.

Los señores Tarsone nos mandaron ropas de los Estados Unidos. Yo les decía a mí me gusta fumar, yo tomo el café endulzado como se lo tomaba mi papá Felisberto porque yo así todos los días le hablo y le agradezco, me tomo el aguardiente con Paloma y luego me toca limpiarme, y yo así soy de siempre, yo no voy a cambiar mis ropas ni mis huaraches, porque a mí no me ponen las ropas de los Estados Unidos, a mí no me asombran las cosas, no me asombra el poder como veo que a muchas gentes les asombra el poder de las monedas, a mí me gusta esto que hago, uso lo que necesito, todo lo que Dios nos presta en esta vida y nada más necesito. Hay gentes que se asombran con las cosas, hay gentes que se asombran con las cosas cuando se acumulan, creen que les dan poder entre más acumulan atiborradero. Mis hijas y mis nietos ahora se reparten las cosas que nos mandan de fuera, yo no necesito más que mis ropas, mis huaraches, mis cigarros, mi café endulzado, mi comida que hace mi hermana Francisca, yo no necesito más, no necesito más que la vida que Dios me presta. Yo aquí veo eso mucho, las gentes que me dan cosas y se van alegres, se van pensando que cambiaron su experiencia por las cosas que me dan, de aquí las gentes se van contentas porque dieron monedas, como los hombres de las universidades estudiosos de

El Lenguaje vinieron y se fueron alegres pensando que ya sabían todo de El Lenguaje, pero yo le digo El Lenguaje es nuevo todos los días, El Lenguaje no se puede fijar porque es como la nube cambiante con los vientos necios, y el viento multiplica, yo les decía trabajo con El Lenguaje, nunca sé qué es lo que sigue, porque El Lenguaje es presente y grande como la noche, grande como el presente, por eso es poderoso El Lenguaje que el viento multiplica, porque no se puede fijar como las nubes no se fijan en el cielo, las palabras cambian sus formas, y ellos me grababan, apuntaban, me decían cosas con sus intérpretes que ellos mismos no se hallaban en lo que decían los estudiosos, y de tantas cosas y monedas que se venían, Tadeo el tuerto vino y me dio el plomazo el día que supo que los señores Tarsone me iban a hacer una casa, esa fue la primera vez que no tuve lenguaje, se me ha ido dos veces, la primera fue esa, cuando Paloma me dijo que Tadeo el tuerto me había dado un plomazo y desperté en un cuarto blanco lleno de luz blanca y vacío de lenguaje.

16

Leandra se fue a dormir a casa de Anna la noche que explotó en celos. El Señor le mandó un mensaje por la mañana, Anna lo leyó mientras Leandra se bañaba. Le montó un drama. El Señor se llamaba José, pero mi hermana y Anna lo llamaban El Señor. Mi hermana no le había respondido, eso pareció engancharlo más. Le mandaba mensajes con cualquier pretexto, y varios mensajes después Leandra le respondió un viernes por la noche, cuando estaba en su cuarto oscuro revelando fotos. José y mi hermana fueron por unas cervezas esa noche. Me pidió que si Anna llamaba a la casa le dijera que estaba dormida.

En esos días, Anna llevó a Leandra a conocer a su mamá, y la siguiente vez que fueron nos invitaron a Julián y a mí a comer. La mamá de Anna vivía sola en una pequeña casa de ladrillos rojos y marcos de madera en las ventanas que tenía unas escaleras voladas de madera, era una casita idéntica a otras en una privada de unas veinte tal vez, al lado de un panteón y cerca de una barranca. Estaba lejos del centro de la ciudad, de nuestra casa, sin tráfico, hacíamos una buena hora y media. Al fondo de la barranca había un río que olía a agua estancada, la casa olía a humedad y a los eucaliptos que se veían desde una ventanita redonda en el baño. La mamá de Anna me pareció una mujer cariñosa, y esa vez hizo un comentario despectivo e innecesario en contra del papá de Anna que no entendí a cuenta de qué venía. Después de una sobremesa larga, subimos con Anna a ver una película, vi algunas fotografías en marcos de madera rústica que mostraban únicamente a Anna y a su madre en distintos momentos. De vuelta en la casa, mi hermana me contó que la mamá de Anna se había peleado con todos los miembros de su familia, más o menos como nuestro papá se había distanciado de mi tío, sólo que la mamá de Anna no había retomado la comunicación con su familia nunca, además de que tenía una relación conflictiva con su ex marido. Esa noche mientras nos cambiábamos para dormir, me contó detalles que había notado en la relación entre Anna y su mamá, era especialmente posesiva con su hija única, me contó un par de anécdotas al respecto, pero no me mencionó que ese mismo día por la mañana había vuelto a ver a José.

Me di cuenta de que seguían en contacto un día que la escuché hablando en el baño a puerta cerrada, cosa que mi hermana no solía hacer. Mi teoría era que mi hermana salía con José en parte porque Anna lo había sugerido explícitamente en sus discusiones, los arranques de Anna proyectaron sus fantasías de celos en la realidad, y en parte creo que a mi hermana le atraía José un poco más de lo que quería aceptar.

Mi mamá pasaba tiempo con mi tía luego del trabajo, iba seguido a la casa. Paseaba a Rumba cuando volvía de trabajar si no estábamos ninguna de las dos. Nos daba libertad siempre y cuando la mantuviéramos al tanto de dónde estábamos. Yo creo que mi papá nos hubiera dado una libertad muy parecida a la que nos daba mi mamá a esa edad, aunque él era más estricto, y nos hubiera pedido que pasáramos más tiempo con él. Mi papá era más demandante, tenía un modo de plantearlo que tanto Leandra como yo cambiábamos de plan de viernes por acompañarlo a Home Depot. Quizás por el contexto opresor en el que creció mi mamá, en la adolescencia nos daba permisos, prefería invitar a mi tía que pedirnos que la acompañáramos a algo de su trabajo. Leandra pasaba tiempo en casa de Anna, y Julián y yo pasábamos más tiempo en la casa.

Anna vivía en un departamento con dos amigas de la universidad a las que había conocido gracias a unas fotocopias con pestañas con su número de teléfono que pegó en algunos postes alrededor de la biblioteca principal de la universidad. Una de ellas era mayor, tenía 29 años y estaba estudiando un postdoctorado en estéticas. Ella tenía el cuarto más grande, un balcón, vista a un hule y pagaba más que sus compañeras. La otra compañera del departamento de Anna, Simona, tenía 25 años y tenía el pelo pintado de naranja, un piercing en el labio inferior, una arracada ceñida a la nariz, estaba tatuada y tatuaba, ella le había decolorado y pintado el copete azul a Anna, y ganaba más tatuando en sus horas libres que en el trabajo que tenía en las oficinas de la facultad de arquitectura. Leandra, Julián y yo éramos unos años más chicos que ellas y envidiábamos que tuvieran un departamento como ese. Una tarde Simona le llamó a Julián para ver si después del periódico queríamos pasar a su casa a tomar unas cervezas. Simona acababa de liar un porro cuando llegó Anna alterada, llorando, le dijo a Simona que había terminado con mi hermana, sin darse cuenta de que Julián y yo estábamos en la sala.

Tan pronto pudo Leandra hizo el examen de admisión en la escuela de Arte a la que iba Julián, solicitó una beca para jóvenes creadores y cuando cumplió el trato con mi papá, se tatuó. Mi hermana había terminado con Anna porque no pudo con los celos, pero no terminaron por José. Se veían, salían, se mandaban mensajes, pero no había pasado nada. No que la moral hubiera detenido a mi hermana, tan sólo así fue. La beca que le dieron antes de entrar a la universidad consistía, además de recibir una suma de dinero, en reunir a los jóvenes durante tres fines de semana a lo largo de un año para que entre ellos, divididos en pequeños grupos de acuerdo a su disciplina, discutieran los avances de sus proyectos de trabajo. El primer fin de semana que Leandra fue a ese encuentro de jóvenes creadores, la primera noche desde un cuarto de hotel, me mandó mensajes de texto.

—alguien le dijo a mi compañera de cuarto que incendié una escuela y me tiene miedo

—Dile que es falso, que quemaste un hotel de jóvenes creadores.

—está genial esto, hermana, de venida en la mañana nos sentaron en el camión por apellidos.

me tocó con una poeta que me cayó increíble, re-
visamos todo el día lo que llevamos de nuestros
proyectos. al rato hay una fiesta en el cuarto de uno
de los de pintura me tengo que bañar y voy con mi
amiga poeta a comprar unas chelas para ir a la
parti

—No alcancé a decirte, Anna buscó a Julián en
la tarde, quiere ir por un café con él.

—tssss no te dije buscó a mi mamá en la universidad

Durante esa beca, Leandra tomó una serie de
fotografías de trabajos a punto de extinguirse. En la
carrera extendió ese tema. Ese fue el trabajo con el
que se tituló tiempo después. A ese primer encuentro con otros artistas en formación llevó algunos
retratos de los trabajadores como referencia, pero
el trabajo de Leandra se centraba en los espacios de
trabajo, utensilios, herramientas, sus escritorios y el
resultado de sus respectivos trabajos. Sin embargo,
ahí llevó fotos que tenía de una mujer que hacía
flores de tela, un hombre que tenía una imprenta de
tipos móviles que hacía tarjetas de presentación y
una anciana que tenía una agencia de viajes desde
los años cincuenta. Me quedé leyendo hasta tarde,
esa madrugada Leandra me mandó mensajes.

—HERMANA ESTÁS AHÍ
—¿Qué ondas?
—te cae bien José???
—El Señor?
—sí
—No lo conozco, lo vi una vez.
—te lo voy a presentarrr

Leandra me mandó fotos de un cuarto con mucha gente, algunos bailando, varios fumando y una foto de un gorro de baño en el detector de humo para que no sonara la alarma de incendios. Que Leandra no lo llamara El Señor en medio de eso, que lo mencionara en medio de la fiesta que armaron en un cuarto de hotel me hizo sospechar lo que venía. José tenía 31, se había divorciado hacía poco de un matrimonio que duró dos años y un noviazgo largo. Para entonces mi hermana ya no trabajaba en el consultorio de la dentista, seguía yendo al taller de fotografía, y pronto dejaría el taller al entrar a la universidad. José la buscaba. Hablaban por teléfono, se mandaban mensajes, y varias veces pasó que al apagar las luces del cuarto, mientras que yo me quedaba leyendo algo, a Leandra le iluminaba la cara la pantalla del teléfono.

—Estás clavada, hermana.

—nah, es divertido, es mi amigo

—¿De qué tanto hablan?

—me está contando que tuvo una junta en su oficina, unos clientes llevaron comida rica, jamones ibéricos y quesos franceses, su perro se levantó y sin masticar se tragó el plato entero de jamones

—Y qué más.

—quince minutos después vomitó los jamones intactos con un moco olor a bellotas en un sofá, y está guapo, qué te digo, hermana

Unos días antes de que Leandra fuera al encuentro de jóvenes creadores, Anna me había mandado un email pidiéndome que nos viéramos. Acepté sin decirle a mi hermana, la escuché, pero no le dije nada ni le conté nada de José cuando me preguntó. Mientras tanto, la cuerda entre José y Leandra se tensaba. Anna se apareció en casa un domingo que Leandra no estaba y no contestaba su celular. Anna estaba terca, quería hablar con ella. Mi mamá le ofreció una sopa de fideos con salchicha que había en el refrigerador y la hizo sentir cómoda. Anna se veía triste y nosotras no parecíamos ser consuelo; al contrario, parecíamos subrayarle que no estaban juntas. Mi mamá y yo acordamos no decirle a Leandra que Anna había estado en la casa, pero a mi mamá, como era de esperarse, se le había escapado.

Al poco tiempo de ese encuentro de jóvenes creadores José y Leandra empezaron a salir. Un día me pidió que pasara por ella de camino a la casa sin que supiera adonde la iba a recoger. José me contestó por el interfón, me invitó a pasar y tomamos unas cervezas. Rentaba un departamento pequeño, tenía algunos libreros y algunos libros apilados en torres bajas en el piso. Sólo había luz indirecta salvo por un foco pelón en la cocina colgando de unos cables de colores pegados con cinta aislante que me hizo acordarme de Julián y su teoría de los focos.

Pasé por mi hermana a ese departamento algunas veces. No había muchos muebles, había plantas grandes, selváticas, una luz tenue general y un perro grande color miel que tenía pinta de perro inofensivo al lado de Rumba, a la que mi mamá apodaba La engrapadora por las marcas de los colmillos que había dejado en algunos muebles en la casa. José trabajaba en una productora de cine y quería ser artista. Desde la primera vez que pasé por Leandra noté que estaba enganchada con él más de lo que podía aceptar, sexualmente estaba muy enganchada, me di cuenta ese día en la forma en la que interactuaron, pero en cuanto nos subimos al coche no me quedó claro dónde estaba parada ella.

—puedes creer que en todos los años que estuvieron juntos cogieron en dos posiciones?

—¿Te contó eso?

—no, obvio que no, pero esas cosas se saben sin que te digan

—Bueno, hay a quien le divierte ver rugby en la tele.

—pero hay algo que me incomoda estando con él, ¿sabes? Con Anna no me sentía así.

—¿Extrañas a Anna?

—nah, cómo crees, hermana, José es poca madre

Al poco tiempo Leandra volvió con Anna. Mi hermana le mandó un mensaje borracha una noche que fue a una fiesta con José. Anna respondió por la mañana, se encerraron en su cuarto en el departamento, hablaron largo durante un fin de semana, y Anna perdonó a mi hermana y dejó a José como colgado de un clavo.

Leandra y Anna duraron por ahí cinco años luego de esa separación. Anna abrió una veterinaria bien ubicada junto con unos compañeros de la carrera, empezó a ir más que antes a la casa, mi hermana fue apareciendo con nuevos tatuajes, uno de ellos se lo hizo Simona antes de salirse del departamento que compartían con la chica del posdoctorado. Anna se aparecía con cicatrices nuevas por algún animal que la lastimaba en su trabajo. Rumba empezó a pasar más tiempo en la veterinaria. Frente a la entrada del consultorio tenía una camita acolchonada forrada en tela de un patrón escocés, Anna había salvado a un perro callejero en una avenida, había escapado a varios coches, había salido herido de un atropello y le había tenido que coser una herida grande, y Leandra lo llamó ese mismo día El Chapo. Rumba y El Chapo se llevaban, pasaban tiempo juntos en la veterinaria. Mi mamá quería por igual a Anna y a Julián, los consideraba en los planes familiares, aunque ella tenía sus reuniones, las salidas con mi tía, le gustaba cuando cenábamos en la casa o la invitábamos a algo. Yo fui una navidad a Chihuahua con él y él pasó dos navidades con nosotros, una en casa de mi tía, otra en casa de mi tío, el hermano de mi papá, una navidad en la que conocimos a las parejas de mis primas, una de ellas se había comprometido recientemente con un notario, y mi tía varias veces enfatizó que sus padres, cada uno por su cuenta, tenía una notaría exitosa, y esa fue la navidad en la que Leandra invitó a Anna y a su mamá por primera vez a una reunión familiar con nosotros. Mi mamá y la suya se llevaron bien, aunque mis tíos fueron distantes de primeras, mi prima dio explicaciones como justificando a su prometido la relación que teníamos con Anna y su mamá, Leandra hizo algunos comentarios graciosos y se echó al bolsillo al notario.

Corté con Julián cuando se fue a vivir a Chihuahua, poco antes de terminar la carrera y poco después de irme a vivir sola. Al poco de terminar con Julián, tres o cuatro meses después tal vez, me puse borracha en una fiesta, me besé con un tipo que conocí esa noche, no me acordaba de haberle dado mi teléfono ni de querérselo dar, pero me escribió al día siguiente y esa semana empezamos a salir Rogelio y yo. Desde el principio era claro que era problemático, opaco. Me mentía para hacer planes con sus amigos, de pronto me hacía creer que me inventaba cosas que me había insinuado, pero entre lo problemático que tal vez era en su momento y el hoyo en el que yo estaba, conseguimos pasar algunos buenos fines de semana viendo películas, hablando hasta tarde, saliendo por las noches, pasándola bien, pero ahora a la distancia veo esa breve relación y ese tiempo como un hoyo necesario, nada tenía que ver con Rogelio, tenía que ver con mi luto que me pegó con retraso, incluso hasta hace poco con Feliciana vi la pieza que me faltaba en el rompecabezas. De niña Leandra se había llevado ese rol en la familia, mi papá sufría cada vez que la corrían de una escuela, mi mamá sufría con los desplantes de Leandra o cada vez que se metía en problemas con alguna autoridad, aunque siento que mi mamá en el fondo estaba más segura de quién era mi hermana, pero a mi papá le preocupaba que se quedara sin silla en el juego de las sillas por su conducta un tanto más que por sus capacidades, que eran innegables. Mi hermana era una bomba y sólo se necesita una bomba para explotar una casa. Tal vez por eso la mía fue una explosión interna y tardía.

Antes de que corrieran a Leandra de la última escuela de la que la corrieron, parecía que había un margen de reivindicación para ella. La directora habló con mis papás, les dijo que a pesar del antecedente que tenía del incendio en la escuela, una profesora había condicionado la estadía de Leandra para continuar en el colegio si le hacían unos estudios psicológicos de conducta. Le hicieron algunas pruebas y la mandaron a terapia. Resultó que tenía una inteligencia muy por encima del promedio, cosa que ya sabíamos, pero fue impresionante ver las gráficas y las referencias. Tenía la inteligencia de alguien diez años mayor que ella, pero tenía respuestas emocionales de una niña. En concreto, en las pruebas psicológicas resultó que Leandra no tenía que volver a incendiar ni destruir nada, no tenía por qué poner en peligro a nada ni nadie, cosa que también sabíamos, y ese fue su pase de vuelta aunque aún así la corrieron por mala conducta. Mi papá le suplicó a Leandra, parpadeando rápidamente, que era su forma de reprimir un llanto desesperado, que terminara los estudios en una preparatoria abierta de una chingada vez. Y eso hizo.

Cuando veo que el trabajo de Leandra viaja, extraño a mi papá. Sé que a nadie más que a él le gustaría estar ahí mirando cómo a sus 32 años ha logrado dar tantas vueltas con algo que a él le hubiera gustado hacer y le alegraría más verlo en ella, su hija Lea, quizás un poco más que lo que a él le hubiera gustado hacerlo. Yo me imagino que la relación con Anna le hubiera costado trabajo al inicio, pero también siento que la habría apoyado. Yo creo que Tania, la pareja actual de Leandra, le caería bien a mi papá. Pero no sé qué tanto estaría de acuerdo en que el incendio todavía sea una medalla, una de las pocas medallas que porta Leandra con orgullo, ese incendio que provocó con un Zippo tornasol que le regalaron para prender la vela de su primera comunión.

17

Desperté en el cuarto blanco del hospital, esa fue la única vez que un médico sabio me curó, me sacó el plomazo que me dio Tadeo el tuerto en el hombro. Mi hija Apolonia ya le había ido a reclamar a Tadeo el tuerto que aquel muchacho que a ella le interesaba se apareció en la tienda con su mujer encinta y el malnacido se quiso sobrepasar borracho como estaba y mi hija Apolonia de una patada lo tiró al suelo. Se hizo un problema porque mi hijo Aparicio es rencoroso, rápido le crecen los rencores a mi hijo y se fue a su casa a patearlo, no como lo pateó mi hija, él lo fue a patear en la cara duro del plomazo que me dio en el hombro y también lo fue a patear por las mentiras que le dijo a Apolonia, aunque ya había pasado el tiempo de eso a Aparicio no se le olvidan las cosas, le crecen los rencores como crecen las matas en las lluvias y del mismo coraje que traía del plomazo que me dio Tadeo el tuerto cuando se enteró que nos estaban construyendo una casa Aparicio lo pateó duro, no lo terminó en el suelo de lo borracho que estaba, no lo quiso terminar Aparicio a Tadeo el tuerto, no se podía defender del aguardiente que lo hinchaba, yo le dije a mi hijo la muerte de alguien no está contigo está con

Dios, que eso, como los rencores, tampoco se te olvide, Aparicio.

Me llevaron al hospital del pueblo con un médico sabio, ahí me desperté, vi a Paloma, el médico sabio me dijo Feliciana me llamo Salvador, con ayuda de un muchacho intérprete hablamos. Me asombró su proceder, me asombró todo lo que yo vi en su nombre cuando me lo dijo, yo vi que era un hombre que había salvado muchas gentes, le vi que hacía poco salvó un niño que nació de la rajada del vientre, él trajo al mundo a ese niño que nació sin respirar, le vi el llanto atorado y la piel gris al niño recién salido de la raja del vientre que se desvanecía sin respirar con la boca abierta, quería respirar pero no podía, tenía la boca abierta y no tragaba suspiro, vi que había salvado a ese niño con su reaccionar y no le pude decir eso, no quería asustarlo porque las gentes se asustan como me pasó de niña que Fidencio que vendía los tejamaniles se puso a llorar cuando le toqué el brazo le dije que vi un perro blanco yendo a un monte, se enojó conmigo, yo por eso ya no digo luego cuando veo cosas, así que le dije tú eres un médico grande, Salvador, porque El Lenguaje así te hizo con tu nombre. Salvador me sacó el plomo y el dolor me lo sacó sin molestias, yo no sentí molestias en el cuerpo, al otro día me dijo Feliciana yo te conozco, tu nombre está en los periódicos, tu nombre se conoce bien en todo el mundo, hay alguien que te quiero llevar a tu casa cuando salgas de aquí, ya cuando estés aliviada hay alguien que te quiero llevar, alguien te quiere conocer.

La comida que me dieron durante las tres noches y tres días que pasé yo en el hospital era mala, yo le decía Salvador esta comida no es de Dios, ustedes los médicos sabios ahí están con sus batas blancas y las gentes comen estas comidas y no es de Dios, y él me daba sus risas. Me hacía falta mi café endulzado, mi tabaco, mis calabazas sembradas en mi casa, mis chayotes, mis frijoles y las tortillas hechas por mi hermana Francisca, el atole que ella me hace, ese sí es sabroso, yo eso he comido siempre. Yo le decía Salvador esa comida ya me quemó el comal. Yo ahí me di cuenta que la comida que se tiene en la casa es la casa mismamente, yo no me comí las comidas del hospital donde trabajaba el médico sabio Salvador, prefería no comer eso y salir de ahí con el cuero pegado al hueso y cuando me dio hambre al tercer sol, con dificultades pero sin molestias, me paré yo del catre blanco antes de que llegara Paloma a traerme tamales del mercado que me prometió, me quité el trapo azul que me pusieron, agarré mis ropas y me fui a mi casa.

Una tarde ya en mi casa vino un hombre a decirme que el médico del hospital que me sacó el plomo del hombro quería irme a ver con una amiga, se me hizo raro porque ese era hombre del gobierno que me trajo el mensaje, ya sabía yo quien era. Yo entendí qué querían y me preparé para la velada, con ayuda de Dios me fui a cortar hongos al monte para ellos dos y para mí, entrada la tarde llegó el médico con su amiga, llegó el hombre del gobierno que me trajo el mensaje y el muchacho intérprete que nos había ayudado a comunicarnos en el hospital me dijo que el médico Salvador no iba a ser parte de la velada, él únicamente quería que le hiciera la ceremonia a su amiga. Yo no hice caso, le dije que lo tomaríamos juntos y con formas bestias me dijo que él no quería comer los hongos y yo le dije tú me sanaste, ahora yo te ofrezco sanarte Salvador. Su amiga me apoyó, me decía el intérprete ella quiere que él también esté en la ceremonia, pero él no quiere estar en la ceremonia. Su amiga lo animó hasta que ya el muchacho intérprete me dijo que los dos iban a participar en la ceremonia y yo vi que Salvador lo hizo por la fuerza. El hombre del gobierno se quedó afuera en la puerta esperando que salieran.

El médico Salvador se encontró en la velada con la cara ceniza y se limpió las cenizas que eran las culpas que tenía de médico y cuando terminó la velada había perdido culpas que llevaba y ese día nos hicimos amigos. Yo le digo, Zoé, a usted las veladas, si las quiere, le van a lavar las culpas que trae, así mira lo que le debe a su papá que se lo debe a usted también. Con Salvador la amistad dio sus raíces, él se fue tiempo después al Hospital General en la ciudad, me venía a preguntar por las dolencias que las máquinas no le dejaban mirar, varias veces me vino a ver, me traía estudios, papeles, seguido me venía a ver en la milpa cuando estaba yo en la cosecha y fumando mi tabaco yo escuchaba su voz que me decía Doctora y yo ya sabía quién era y le decía Salvador y ahí le veía la cara a Salvador que me sacó el plomo de la ira porque nos estaban construyendo la casa. Salvador me decía Feliciana está grande la casa, rápido la estaban haciendo, más grande la veía y yo más tiempo pasaba en la choza donde hago las ceremonias con El Lenguaje. Yo después de que Tadeo el tuerto me disparó y mi hijo Aparicio lo golpeó, yo lo seguí saludando como antes, Paloma me decía Feliciana, mi vida, tú digna, no lo saludes a la estúpida Maraca. Si él con su sombra quería hacer la obscuridad de mi casa, yo tenía que saludarlo como el sol sale todos los días aunque las guerras sigan en la tierra.

El gobernador tenía noches con la amiga de Salvador, yo eso lo supe en su velada cuando entendí qué hacía aquí el hombre del gobierno con el carro y los fierros para los plomazos, y ella un día trajo aquí conmigo al gobernador. Él me dijo Feliciana yo quiero que tú me ayudes con unos asuntos, tú eres mujer poderosa y necesito que me ayudes con mis asuntos. Él había ido con un brujo en Veracruz que lo bañaba en sangre tibia de hartos gallos en ceremonias pero no lograba arreglar sus asuntos, alguien lo quería matar y vino aquí a decirme Feliciana necesito que me ayudes a ver quién quiere mi pellejo, ayúdame con tus poderes. Yo lo miraba, le ofrecía mi tabaco, me decía que si lo ayudaba con sus asuntos de gobierno, que le hiciera favores de videncia, que sabía que yo veía todo, pero yo le dije no, yo sólo lo veo a usted enfrente de mí. Él se enojó conmigo y se fue con su hombre y los fierros para los plomazos.

Luego vino su esposa y me dijo Feliciana soñé que a mi esposo lo quemaban vivo, ayúdalo por amor a Dios, la región está caliente, ven a la casa que mi marido quiere hacerte una oferta. Yo le dije no voy a casas, las gentes vienen a verme a mí. La esposa me dijo Feliciana es un hombre bueno al que los animales bravos se lo pueden comer mientras duerme, consulta tus hongos y tus hierbas para saber quién lo quiere matar, quién lo sigue, si eres la bruja de mi marido él te va a dar algo grande, me dijo, te va dar monedas hasta para tus nietos, ven a verlo a que te haga su oferta, es una oferta grande para ti y tus parientes, pero yo le dije no, no necesito nada más que la persona que tiene de frente que soy yo, no me hace falta su ofrenda. Y me miró y se fue.

Yo vi que algo iba a pasar, vi que algo iba a hacer la esposa del gobernador. No ella, sus gentes algo iban a hacer. Yo ya estaba recuperada del plomazo, ya movía el brazo, ya estaba yo sana, no me tomé las medicinas que me dio Salvador, no me tomé las medicinas que me trajo con su amiga el día que vinieron a su velada, yo me curé con hierbas que bendecía antes de arrancarlas del monte, a mí me hablan las hierbas según las dolencias, yo sé la lengua de las hierbas, yo me curé así, y la mañana que desperté bien del plomazo vi que los pájaros grises se vinieron aquí a pelear a la milpa, se peleaban los pájaros grises con las gallinas por el maíz, duro se pelearon por el maíz los pájaros grises, salían sus plumas de los picotazos que se daban por el maíz, yo ahí supe que se venía ira a mi casa, pues el aire, los montes, las nubes, las flores, las hierbas, todo lo que vemos nos trae mensajes, la naturaleza trae El Lenguaje, hay que oír nomás, y ese era el mensaje de los pájaros grises que se vinieron a pelear aquí en mi milpa.

Esa noche llegó otra maldad de la ira. Yo no digo maldades con El Lenguaje, las fuerzas son grandes y son iguales las buenas y las malas, pero las fuerzas se escogen, yo por eso saludaba igual a Tadeo el tuerto antes y después del plomazo que me dio con el fierro, porque yo no digo maldades ni guardo rencores, yo agradezco a Dios la vida que me presta y El Lenguaje que me dio para curar a las gentes. No acababan de hacer la casa y cuando estábamos dormidos de madrugada sentí la molestia en el hombro donde me entró el plomo, me despertó la molestia, yo así supe que me punzaba la ira de la esposa del gobernador, y al poco escuché las lenguas de fuego que empezaban a quemar. Las gentes que mandó la esposa del gobernador prendieron el techo pero no prendieron la casa, y así apagamos el fuego con el agua. El fuego hace vapores el agua y el agua apaga el fuego, el fuego calla el agua y el agua al fuego lo acalla, como las fuerzas buenas y malas pueden callarse una a la otra, nosotros apagamos el fuego con nuestras aguas para terminar con las maldades de la ira.

En el pueblo le dijeron a Paloma que yo estaba revelando los secretos de nuestra medicina antigua, que las gentes extranjeras venían y los hongos del monte ya hablaban la lengua del gobierno y otras lenguas extranjeras por culpas mías. Paloma me dijo Feliciana, mi amor, andan diciendo de todo por el plomazo y el fuego que prendieron al techo de tu casa, Tadeo el tuerto no aguanta tu casa que te están haciendo y las gentes que te vienen a ver de todas partes, el gobernador y su esposa quieren que seas su bruja para hacer sus cochinadas, tenemos que parar esto, mi amor.

Paloma les mandó un mensaje a los señores Tarsone con el señor intérprete de barbas y bigotes de casco blanco, él quería ponerle fierro al techo quemado y hacer otro y yo le dije los tejamaniles ahí los traen, mi hija Aniceta fue a traer al señor de los tejamaniles que era sobrino de Fidencio, el señor que yo hice llorar cuando era niña porque le dije que vi un perro blanco yendo al monte, y yo creo que el niño que vi era su hijo fallecido. Paloma estaba preocupada porque las maldades seguían, ella tuvo un sueño mirando que se avecinaban otras maldades, me vino a decir Feliciana soñé que seis truenos caían en las cosechas. Yo le dije a Paloma los animales dan pelea donde ven a la bestia débil, y yo creo que dan pelea porque le miran la debilidad y las maldades ya no vienen más a esta casa porque estamos fuertes, los animales no dan pelea a las bestias fuertes. Yo con el fuego supe que las maldades eran prueba de Dios para darme fuerzas, no eran desgracias para deslavarme como la tierra del monte se deslava con las lluvias. Tadeo el tuerto me dio el plomazo, prendieron lenguas de fuego en mi techo, yo vi que el fuego cuando se prende en el monte da su claridad a la noche, también miré que dura poco el fuego en la quema de sembradíos, y dije si no tomo las fuerzas de Dios algo le hacen a mis hijos. Por ellos me levanté, por mi hermana Francisca me levanté, por Paloma, a mí el fuego que me hirió me dijo Feliciana tú eres fuego, el fuego ya no te ataca porque tú eres fuego Feliciana. Eso me habló el fuego esa noche.

El intérprete de barbas y bigotes con su casco les mandó el mensaje a los señores Tarsone y ellos le mandaron un mensaje al gobernador pidiéndole por mí, y como el ruido de las monedas lo alumbra, él vino a mi casa a decirme que iba a investigar quién quería hacerme daño. Yo pensé es tu esposa, eres tú que me quieres hacer daño, pero no le dije al gobernador. Yo les agradecí a los señores Tarsone, pero les pedí que no buscaran al gobernador por mí, las fuerzas yo ya las tenía. A mi hija Aniceta alguien le dijo en la tienda bien merecidas las lenguas del fuego las tienen las brujas, pero yo decía no soy bruja, Aniceta, no soy vidente, no soy futuro, yo soy El Lenguaje y las palabras son presente, a mí se me entregó El Libro, yo soy la Mujer Libro, yo soy El Lenguaje, hija.

Sí, los señores Tarsone vinieron más veces. Luego me trajeron a su hija para que la conociera. Yo hablé con ella, vi que era estudiante de una universidad bella, yo vi que ella tiene muchas cosas con los escudos de la universidad, vi los escudos en las ropas, los escudos en su taza de café, vi que tenía escudos de la universidad hasta en su encendedor, yo le dije a la muchacha cuando la conocí que se deshiciera de los escudos de su universidad, le dije Hija, tira las ropas, tira la taza de café, tira el encendedor que traes ahí, no es importante la universidad bella porque eres dichosa por tu inteligencia pero no por la universidad bella, la muchacha se asustó porque traía el encendedor con los escudos de su universidad en la bolsa que yo le señalé, me lo dio, pero yo le dije no, hija, tíralo.

Su hija no hizo velada, ella se fue al pueblo donde se quedaban, hice velada con los señores Tarsone esa vez. Vi que el señor Tarsone estuvo muy enfermo cuando era niño, estuvo más de cuarenta días y cuarenta noches en el hospital, estuvo en las máquinas conectado así de niño, lo vi negociado un juguete con un médico sabio para que no lo lastimaran más de un brazo picado con agujas, yo lo vi negociando con su juguete que le dio al médico sabio para que no lo siguieran picando de un brazo y el médico sabio aceptó el juguete, lo picó de otro brazo que le volvieron a picar donde le dolía y el médico sabio le dio el juguete al papá del niño Tarsone, él era negociante desde niño, negociaba lince, sin saber hablar todas las palabras ya negociaba lince, yo vi que nació para los negocios, desde niño él traía los negocios y los negocios le trajeron las monedas.

A mí me preguntan cómo miras el pasado de las gentes Feliciana si dices que miras el presente. Yo por eso digo El Lenguaje es el presente aunque uno lo diga en pasado, es presente, y a veces el presente tiene el pasado, a veces tiene el futuro, pero siempre es presente. Para Dios siempre es presente, para nosotros siempre es presente, El Lenguaje es presente y esto que le digo lo que escribieron los señores Tarsone en los periódicos que hicieron los rumores que crecieron y trajeron a las gentes extranjeras aquí a San Felipe. Ellos trajeron a las gentes que vinieron para conocerse las hondas aguas con El Lenguaje.

Hartas gentes vinieron y yo a todos preguntaba a qué venían, de puro ver yo miraba quiénes querían conocer su presente, quiénes buscaban sus hondas aguas, yo salía con mi cigarro, fumaba y los miraba, les preguntaba su nombre, y de puro ver yo miraba quiénes querían ser guiados por El Lenguaje y quienes querían entretenerse. Paloma me decía Feliciana, mi cielo, si tú haces el trabajo serio, mi amor, alguien tiene que divertirse por ti, me voy de noches al pueblo. Paloma empezó a salir harto por ese tiempo, venía poco, lo poco que venía aquí me ayudaba.

Vino el músico ese que dice, estaba vestido de blanco resplandeciente, tenía aires grandes, fuerzas grandes, vino con sus gentes, Paloma lo enseñó a decir Príncipe en español, él decía me llamo Príncipe, así decía en la lengua del gobierno, y Paloma le enseñó palabras a sus gentes en español. Venían gentes, le digo, venían gentes de otras lenguas que se quedaban en casas de las gentes del pueblo, venían con sus mochilas, con sus monedas, les daban regalos a las gentes en San Felipe para que les dieran techo y morada. El gobernador tuvo que hacer calles, él quería quedar bien con las gentes de fuera, no le interesaba quedar bien con las gentes del pueblo, las gentes que hablan lenguas extranjeras sí le importaban, hizo una plaza, hizo un kiosko, mandó poner un poste alto en medio de la plaza, hartos mecates formaban una estrella que caía del poste alto a otros postes chicos y les mandó poner harto papel picado blanco a los mecates que decía "San Felipe, mi pueblo mágico", y las gentes extranjeras ahí se tomaban las fotografías con él en su kiosko, las invitaba a su casa de gobierno, él no conocía al músico Príncipe, pero vio en los periódicos que era conocido en otras lenguas y me mandó pedir con uno de sus hombres mensajeros del gobierno que cuando vinieran artistas famosos le dijera.

Ya había carretera, ya había calles que había mandado a hacer el gobernador para las gentes extranjeras cuando Paloma se fue a la ciudad y amó a un hombre con una enfermedad sin nacer, ese traía la enfermedad que le hizo los trinos de la muerte a Paloma.

18

Mi mamá llamó a mi papá para contarle que habían corrido a Leandra porque había provocado un incendio en la escuela. Varias veces intentó llamarla al celular, pero Leandra no contestaba. Mi papá esa noche le dejó de hablar. Un par de días después le pidió que le explicara qué había pasado.

La escuela se había fundado hacía veinte años, el mismo tiempo que llevaba trabajando en la intendencia de la escuela una mujer llamada Micaela. Era madre soltera de un adolescente de trece años que iba en el salón de mi hermana. Cuauhtémoc tenía una beca completa, había estudiado allí desde preescolar y tenía dos condiciones: que Micaela mantuviera su trabajo y que Cuauhtémoc no bajara cierto promedio. Cuauhtémoc era tímido y no solía opinar en clase a menos de que el profesor en turno le pidiera que participara. Las cosas más o menos así se establecieron con el tiempo, él no interactuaba con sus compañeros y sus compañeros no interactuaban con él. Nadie lo molestaba, algunos pasaban por alto su presencia, otros lo saludaban sin más intercambio que el necesario. No lo invitaban a sus casas ni a sus fiestas. Había ido a una excursión escolar, había participado en los preparativos de la graduación de primaria, pero no más.

Cuauhtémoc parecía tener una vida aparte. No lo necesitaban, él no los necesitaba. Tenía un amigo que iba un año abajo con el que solía juntarse en los recesos, chaparro y aficionado de la programación, que era su único amigo en la escuela. Cuauhtémoc tenía intereses distintos a los adolescentes de su generación. No le interesaba pertenecer, no le interesaba integrarse a sus conversaciones, ni las chicas todavía. Era alto, mucho más alto que su madre. Usaba suéteres tejidos a mano, pantalones de terlenka, camisetas con referencias que se escapaban a sus compañeros, y cuando lo conocí llevaba una bufanda marrón tejida por su madre.

En cuanto Leandra entró a la escuela, Cuauhtémoc le cayó bien. Le hizo plática, se sentaba a su lado en clase, luego en el asiento de al lado, se hicieron amigos y, en parte por la forma de ser de mi hermana, en parte por la personalidad de él, Leandra hizo un puente entre sus nuevos amigos en la escuela y Cuauhtémoc.

Leandra pronto se hizo amiga de un pequeño grupo de chicos de su clase en la secundaria. Había una chica de una familia católica cuyos padres se habían divorciado hacía poco, su padre tenía una notaría importante y una casa de campo de la que Leandra pronto escuchó historias épicas. Muchos la habían pasado muy bien allí, menos un chico al que le había dado apendicitis el fin de semana que fue. Se decía que la casa era espectacular, tenía un espacio para hacer fogatas y una pequeña sala de cine, una máquina de palomitas como las que había en los cines comerciales y había cobijas en cada butaca. Luego del divorcio, esa casa se la quedó la madre y empezó a ir más seguido con su hija única. Todos los fines de semana que podían su madre solía ir ella y con amigos. La chica había hecho una fiesta en la casa de campo poco antes de que entrara Leandra, había invitado a algunos de sus compañeros de la escuela y su madre había ido con algunas amigas y parejas también con hijos adolescentes que se integraron con los amigos de su hija.

Leandra, Cuauhtémoc y su amigo hablaban en un pequeño círculo con los demás sobre ese fin de semana. Habían llevado un porro que se fumaron en algún rincón de la casa y habían hecho una película. Ellos la llamaban así, aunque más bien era un video que habían hecho asignándose papeles para hacer un chiste local tras otro entre ataques de risa. Más tarde la proyectaron en la pequeña sala de cine, algunos de los adultos vieron una parte, se aburrieron pronto y dejaron a los adolescentes mirando la pantalla y, mientras contaban de qué iba, la chica, en un impulso alegre, invitó a todos a su casa, entre ellos a Leandra, a Cuauhtémoc y a su amigo del año abajo.

La chica habló con su madre, le contó que había invitado gente el próximo fin de semana a su casa de campo, entre ellos dos nuevos amigos que había hecho en la escuela, Leandra y Cuauhtémoc. La madre no sabía quién era Leandra, pero sabía quién era Cuauhtémoc, lo había visto en las fotos que tomaban de la generación cada año. El nombre tal vez le parecía simpático, sabía que era hijo de la mujer que limpiaba los baños de la escuela, había escuchado que Micaela había trabajado en casa del fundador que había vendido la escuela hacía tiempo, incluso la había saludado por mera coincidencia en una kermés a la que Micaela había ido con Cuauhtémoc. Estaba casi segura de que era el único con ese nombre en toda la escuela, cuando le preguntó si se trataba del hijo de la mujer de intendencia y su hija le respondió que sí. La mujer se descontroló y al día siguiente fue al colegio a hablar con la directora. Mantuvieron una conversación a puerta cerrada, pronto corrieron rumores en la escuela, y dos o tres días después Cuauhtémoc no volvió a clases.

Leandra habló con Micaela. Le contó con detalle por qué le habían quitado la beca a Cuauhtémoc: había bajado su promedio semestral, cosa cierta, aunque rayaba el margen acordado, pero la directora se había escudado detrás de eso para echarlo. Micaela sabía por qué había ocurrido realmente y no quiso pelearle de vuelta. Sabía que la mamá de la chica había ido a montar un drama porque estaba en desacuerdo en pagar esa colegiatura, haber donado dinero para la construcción de los laboratorios nuevos de química y el anexo a los salones de primaria, para que su hija terminara saliendo con los hijos de los trabajadores. La escuela no tenía todos los papeles en regla, acababan de hacer un gasto grande con la extensión de la escuela, la directora no quiso meterse en problemas con la familia de la chica que había notariado, pro bono, el papeleo. La directora en ese momento no tenía recursos para nada más, pero eso no tenía por qué saberlo nadie. Era más sencillo correr a Cuauhté-moc, quitarse la presión de esa mujer para salvar la operación cotidiana de la escuela. Luego de que mi hermana hablara con Micaela en los baños de la escuela, tomó un bidón de gasolina del laboratorio, lo guardó en su mochila, sacó el Zippo tornasol que llevaba e incendió el basurero al lado de los autobuses escolares.

Las flamas quemaron el techo de fibra de vidrio que cubría una parte del basurero. Las flamas altas movieron las ramas de los árboles alrededor y éstas empezaron a quemarse. El incendio pudo extenderse a los árboles, a los autobuses, a los autos que estaban cerca, pero para cuando las altas flamas comenzaron a quemar las copas de los árboles, había algunos estudiantes cerca del fuego, y entre los choferes de los tres autobuses, una profesora de química y el padre de un estudiante que había llegado temprano por su hijo, lo extinguieron como pudieron, con una manguera, con cubetas de agua, con dos cobijas del velador. Sin extintores.

La mamá de uno de los estudiantes del tercer año de secundaria que trabajaba en un despacho de abogados se enteró de lo sucedido, llamó a la directora. Cómo era posible que no tuvieran instalaciones seguras para los estudiantes, su hijo le había dicho que no había extintores en la escuela y esa misma tarde le pidió los papeles que avalaban las medidas de seguridad contra incendios y temblores. La directora, muy alterada, le dijo a mi mamá en esa llamada telefónica que gracias a Dios el fuego había sido controlado, que sí había extintores, pero mi hermana Leandra había puesto en peligro la vida de todos en la escuela. Mis papás supieron después que Leandra sabía que los extintores estaban caducos, que si alguien saldría dañada en un incendio en esa área específica de la escuela sería la directora, así que escogió un horario y tiró directo al blanco.

Mi papá castigó a Leandra, pero negoció con ella. Fue a la escuela a hablar con la directora sobre el caso de Cuauhtémoc, le dijo que ellos tenían el privilegio de poderle ofrecer otra escuela a Leandra con el trabajo de los dos, y esperaba que el trabajo de Micaela también gozara del mismo privilegio de ofrecerle la educación a su hijo Cuauhtémoc si no quería buscarse un problema mayor por discriminación.

La escuela cerró dos semanas. La directora y su equipo administrativo se las arreglaron para ordenar el papeleo urgente, conseguir extintores nuevos, asegurar con gente de protección civil las salidas de emergencia en caso de un temblor. El trato entre mi papá y Leandra había sido defender lo que en el fondo había querido hacer encarando a la directora de no tener trece años y ganas de llamar la atención. Mi padre orilló a la directora a un acuerdo, Leandra no regresaría a la escuela, no haría ningún escándalo, siempre y cuando Cuauhtémoc regresara a clases.

Leandra estuvo castigada dos meses. Esencialmente no podía salir de la casa. Uno de los pocos permisos que le dieron, más bien una petición de mis papás, fue invitar a Cuauhtémoc a cenar a la casa. Querían conocerlo en persona. Entendieron que era importante castigarla pero, más importante que eso, quería asegurarse de que Leandra no volviera a incendiar nada, que no volviera a poner en peligro a más gente o a ella misma.

A mí me llegó tarde mi propio incendio.

Feliciana me ofreció tres veladas. Me volvió a recordar que Paloma me había llevado a San Felipe por algo que yo tenía pendiente. Al caer la noche, en su choza sacó una pequeña jícara con polvos negros que me untó en los antebrazos que también quedaron en sus manos y empezó a cantar una melodía sencilla que parecía como las que inventan los niños jugando. Cantando dio una vuelta lenta a mi alrededor dejándose llevar; con una seña me pidió que lamiera los polvos negros de sus manos, que me supieron a tierra y plomo, y siguió cantando. Segundos después vomité, se agachó, me tranquilizó, me dio a entender que era parte de la ceremonia. Su canto era melódico, rítmico; sonidos, palabras se repetían, se iban alternando y cambiando como en un caleidoscopio de sonidos. Feliciana jugaba con las palabras como un niño juega con las palabras que apenas aprendió.

En las manos tenía un pedazo de seda roja teñida por su hija Apolonia. De allí sacó hongos, les sacudió la tierra con los dedos, me dio tres pares y ella comió otros tres. Sabían muy parecido a los hongos que compramos en supermercado. Cuando terminé de comer los hongos me dio calor. Me quité la chamarra, ella dio una vuelta lenta a mi alrededor repitiendo, cantando una frase que cambiaba con pequeñas variaciones que iban formando nuevas imágenes. Feliciana me tomó una mano con la suya y al contacto con su piel sentí que las dos empezamos a flotar. Nos elevamos y salimos por la puerta de madera de su choza. Volamos encima de su milpa, encima de San Felipe. Vi el pueblo por lo bajo, vi las luces de ciudad alejándose, como se alejan desde la ventanilla de un avión al despegar, luces que se iban haciendo cada vez más chicas y titilantes. Vi la inmensidad de la noche y las estrellas. Noté que Feliciana ya no estaba conmigo. Me elevé cada vez más rápido hasta un punto en el espacio y en lo más alto vi partículas borrosas en distintos tonos de gris, como partículas en movimiento bajo un microscopio, pixeles inestables. De pronto volví a moverme, volvía, bajaba. Veía nítido el recorrido de vuelta hasta atravesar las nubes blancas en el cielo de noche, las luces minúsculas y titilantes de la ciudad, San Felipe, los cerros, una siembra de caña de cerca, la milpa y el cable de electricidad que cruzaba la barranca debajo de mis pies, el techo de tejamanil de la choza de Feliciana, la puerta de madera que abrí, la silla en la que estaba y mi mano que Feliciana tocó con su mano mientras cantaba. Esta vez con el contacto viajé al interior de su mano, un viaje largo como el que hice al exterior, tan perfecto en su geometría hasta lo más hondo del cuerpo, hasta lo más adentro de una célula al lugar más hondo al que pude llegar. Ahí vi partículas borrosas en distintos tonos de gris, como partículas en movimiento bajo un microscopio, pixeles inestables, idéntico lo que estaba en el punto más alto de la vía láctea al punto más hondo en una célula del cuerpo, y aunque Félix no apareció físicamente, entendí que ese viaje era mi hijo.

Feliciana me pidió que regresara las siguientes dos noches. La segunda noche hizo una ceremonia con El Lenguaje. Me acosté en un petate al lado de su altar iluminado con velas color como café con leche. Me acosté sobre unas hierbas que Feliciana había ido a cortar para mí esa tarde al monte. Me hizo algunas preguntas, el intérprete nos guiaba. Feliciana me decía las imágenes que le venían y que completaban lo que yo decía. Entendí que ese espacio en el garaje que había asignado mi papá para hacer lo que le gustaba hacer nos había dado direcciones, tanto a Leandra como a mí, y entendí que yo, a diferencia de mi hermana, tenía esta cuenta pendiente. En mi papel de primogénita no me había permitido hacer algo que quisiera hacer por gusto, hacía lo que debía hacer. Las obligaciones en el periódico me habían hecho olvidar por qué de adolescente había querido estudiar periodismo, la misma razón por la que me metí a clases de batería y escribía poemas acostada en mi cama individual.

Feliciana me guió a una escena infantil en la que nunca había pensado, que no tenía presente, sin embargo, como debajo de varias memorias salió el primer momento de complicidad que viví con mi papá. Mirábamos la televisión, él tenía el control remoto y cambiaba de un canal a otro, yo tenía unos cinco años. Algo pasaba en una película que empezamos a ver por la mitad que a los dos nos daba risa al mismo tiempo, no era algo deliberadamente gracioso, eso lo hacía más gracioso y se nos empezó a contagiar la risa del otro. Acostada en el petate, empecé a reírme. La tercera noche Feliciana me dio cuatro pares de hongos y me guio con El Lenguaje, me leyó una página de El Libro. Es suya, esta es su página y estas palabras de El Lenguaje son suyas, Zoé. Es la página que le falta, me dijo.

19

Hay diferentes clases de hongos. Los que brotan del excremento del ganado los llamamos Yunta, esos salen juntos como la yunta anda en el arado. A los que brotan en los árboles en los tiempos de lluvias los llamamos Gatos. A los que brotan en la siembra de caña los llamamos Pájaros y a los que nacen en la tierra húmeda en el monte los llamamos Niños. Yo le di hongos Niños, son los que uso para mis veladas. He usado Gatos, no son tan poderosos como los Niños, son como gatos, ellos si quieren vienen, se quedan en el árbol en el que brotaron aunque uno se lo coma allá andan, una nunca sabe cuándo van a venir, si vienen, si no vienen, si ronronean si se aparecen o si se quedan rasgando el tronco del árbol donde una sacó los hongos Gato. Los hongos Gato van a la velada cuando quieren, si quieren, pero si vienen ronronean, parecido son los hongos Pájaro, pero esos son más diáfanos, son diáfanos los hongos Pájaro así como los sueños son ligeros en el día hasta que se nos vuelan, son diáfanos de día los sueños como las alas que son ligeras para volar. Los hongos Yunta son poderosos sólo si se toman de varios pares como la yunta necesita estar junta para arar con fuerzas, pero a esos hay que estarlos acarreando, hay que decirles vente por acá, por acá no, por acá sí. Los hongos Niño son el presente, esos son los más poderosos porque son presente, así amplio como el presente son las visiones. Las gentes dicen el presente no dura más de lo que dura la palabra porque a la siguiente palabra la otra ya es pasado, así se pisan los talones y me dicen las gentes Feliciana cómo son las visiones si el presente no dura, yo les digo el presente es amplio como la persona, el presente es amplio como El Lenguaje.

La velada que le hice a Guadalupe en que vi a su padre cómo lo miraba con la túnica de color naranja encendido como incendio en la noche y de lejos se burlaba de él yo vi que los hongos Niño curan el alma y no sólo curan los cuerpos enfermos porque miran el presente así amplio como es, porque el presente no es sólo el presente del cuerpo. No es que los hongos Niño adivinen, es El Lenguaje el que solea el presente, el que le alumbra lo amplio. Yo lo vi claro con Guadalupe, lo vi claro como la mañana deja claros los trinos de los pájaros cuando me trajeron a Guadalupe aquella vez y le curé el mal del alma que tenía con su papá. Los hongos Niño son poderosos, dicen la verdad, su presente no esconde las sombras, miran las hondas aguas del presente con El Lenguaje que solea, a mí por eso me dicen las gentes Feliciana tú miras el futuro, pero yo les digo no, yo miro el presente. Y a veces ahí anda paseando el pasado y el futuro en las dolencias del cuerpo y del alma, y por eso salen, por eso me dicen las gentes Feliciana tú miras el futuro, pero si sale es porque se pasea el futuro en el presente. Los hongos Niño no entienden de pasado, no entienden de futuro, no saben del ayer ni del mañana, no les interesa, viven el presente como los niños.

Yo he curado gentes ancianas, he curado niños y un niño se cura más fácil que un anciano. Un niño es más liviano de curar que un hombre porque el hombre se ahoga en las hondas aguas de sus angustias, se ahoga en sus pesares negros, en cambio el niño con fiebres que le hierven la sangre, sudores helados que no lo dejan dormir, le sonríe al hombre que le da un vaso de agua porque eso le remedia el presente porque el niño no se ahoga en sus pesares, no tiene las hondas aguas ni pesares negros, el niño apenas es agua transparente, y así con las fiebres que le hierven la sangre y los sudores helados que no lo dejan dormir no piensa en lo que va a pasar mañana ni lo mal que pasó porque el niño es agua transparente, peor se la pasan sus familiares, más pesares cargan los parientes que el niño enfermo. El niño no le tiene miedo al pasado, no le tiene miedo al futuro, el niño no le tiene miedo a la muerte. No la entiende a la muerte, dígale muerte a un niño verá que no conoce el huevo que pone la muerte a las gentes. El hombre le tiene miedo al huevo de la muerte y al caer enfermo se le vienen encima sus pesares, lo entierran de tan pesados que son sus pesares, si es una enfermedad liviana dice no voy a poder trabajar mañana, si es una enfermedad grave dice no voy a poder hacer nada pasado mañana, si tiene fiebres le da espanto que la muerte le ponga su huevo. Yo les digo qué les falta, por qué tienen miedo, por qué las gentes tienen miedo, por qué le tienen miedo a lo que les trae el porvenir, porque cargan el pasado, yo les digo a las gentes, qué le falta hoy, tiene pies, tiene manos, tiene aire para respirar, tiene agua para tomar, tiene tierra para pisar, tiene comida y fuego para calentarla, tiene vida, tiene todo. Yo tengo vida y yo tengo todo. Yo le digo cuando me muera yo voy a regresar aquí a mi choza en San Felipe a las veladas y comer lo que hace mi hermana Francisca y le voy a pedir mi atole porque es muy bueno lo que hay, por eso yo les digo a las gentes qué les falta, dígame qué les falta si tienen todo, si tienen todo hoy no les falta nada mañana.

Los hongos Niño son sabios porque el sabio es Lenguaje. El sabio es voz, no es cuerpo, así es como nos llega Dios, no su cuerpo, sino su voz nos llega y tiene El Lenguaje con el que nos hizo y nos dio las cosas. Decían las gentes del pueblo que los hongos ya sabían inglés de tantas gentes extranjeras que vienen a verme a San Felipe. Yo sólo hablo mi lengua, esta lengua que le llega por el intérprete, esta lengua es la lengua de mis antepasados. Yo no voy a acabar mi lengua con el español, yo con ninguna lengua voy a acabar la mía porque esta lengua soy, esta es la lengua de mis antepasados y esta lengua me hizo a mí, y yo honro lo que soy cuando la hablo.

Paloma se fue a la ciudad y regresó con una enfermedad no nacida pero a punto de nacer, un día me dijo Feliciana, mi amor, me le escapé a Guadalupe de noches, me le escapé a San Felipe, me le escapé a mi suerte de Gaspar, pero no le escapo a la muerte, tengo una enfermedad no nacida y no me iré por ella, pero sí por culpas de ella, la muerte ya le había puesto su huevo cuando se hizo muxe y amó a un político, cuando amó a un hombre malquerido y su malquerencia la dejó golpeada. Paloma ya se había ido de noches con la enfermedad no nacida con otro hombre aquí en San Felipe, lo contagió y él de la ira de saber lo que Paloma le había pasado de noches, sin que Paloma supiera que tenía la enfermedad no nacida, de la ira mató a Paloma con un puñal por las espaldas. Yo cuando vi su cuarto, su cuerpo y su cama con el pavorreal de cobija me acordé de lo que decía mi abuelo Cosme de Paloma cuando era el niño Gaspar y decía que se desplumaba al caminar. Yo digo esas palabras de ira de mi abuelo Cosme le dijeron a la muerte aquí pones tu huevo.

Paloma me dijo Feliciana, mi amor, a las seis de la mañana se van los que se van de la tierra en la hora de Dios, a las seis de la tarde se van los que tienen la hora en manos de otro hombre, porque a Paloma la muerte le cantó como el sol de lo claro que le venía la muerte que a las seis de la tarde ese día que vino Guadalupe a decirme la mataron con los resplandores en las manos y fui a su casa y vi a Paloma dos veces en el espejo y las dos veces se veía demasiado viva si no fuera por la mancha de sangre que le crecía por debajo a Paloma donde traía el agujero que le hicieron con el puñal. Eran las seis, yo sé eran las seis de la tarde porque ella así me habló, con la sombra que se hace allá en la milpa. No me sé horas, no me sé años, no me sé cuándo nací, eso no me lo pregunte porque no lo sé, pero esa hora terrible la sé. Eran las seis en punto de la tarde porque la luz hacía sombra con la milpa y yo miré y ahí supe que la mató ese hombre con un puñal por las espaldas por la ira de que era muxe Paloma, la mató por muxe, la mató porque nació hombre y acabó mujer, la mató porque se vestía con ropas y resplandores de mujer como si matar a Paloma lo aliviara con la primera lluvia las nubes cargadas del calor gordo del verano, la mató por la ira de que Paloma siendo muxe le pasó esa enfermedad no nacida a ese desgraciado, a Paloma por muxe la mataron, por mujer la mataron, por curandera la mataron, porque a la malquerencia luego las gentes la llaman amor, por eso la mataron y a las seis de la tarde yo me quedé sin El Lenguaje, así me quedé porque yo, para qué quería Las Palabras sin Paloma, hasta que mi nieto Aparicio me las regresó con una enfermedad que debía curarle, pero a mí se me secó El Lenguaje cuando vi la sombra en la milpa y supe de qué habían matado a Paloma, se me vaciaron Las Palabras, y como pozo seco me quedé yo.

Diga esto, diga todo esto que le digo. Usted diga eran las seis de la tarde cuando vino Guadalupe a decirme mataron a Paloma. Diga lo que vio, lo que le dije, honre lo que diga, honre lo que le dijo su papá así como yo honro lo que me dijo el mío, honre su trabajo con El Lenguaje así como yo honro a mi papá Felisberto con lo que me dio, honre lo que le dijo su mamá como yo honro lo que me dijo la mía, honre a sus antepasados con El Lenguaje porque de ellos es el presente, honre a su hermana como honro yo a mi hermana Francisca y a mi hermana Paloma que me volvió a dar El Libro en sueños porque ella supo que se me fue, yo la vi con sus destellos dándomelo para curar a mi nieto Aparicio. Diga su historia, diga la mía porque no son dos historias la suya y la mía, yo por eso le pregunto y le pregunto. Diga su nombre, diga el mío o diga los dos, su nombre y mi nombre son lo mismo si en lo alto y en lo bajo todos somos lo mismo, no importa el nombre que diga, el suyo o el mío, porque todos somos hijos de El Lenguaje, todos venimos de El Lenguaje, y si fallecemos volvemos a él, como Paloma que está todos los días aquí conmigo, así hablándome como me hablaba. Ella ahora es mi Lenguaje. Ella aquí está conmigo cuando yo le hablo, en mis palabras ella le está hablando Paloma. Usted ya fue a sus hondas aguas, ya miró, sus hondas aguas le dicen no su nombre sino por qué ese nombre es suyo, le dicen esa voz es suya, sus hondas aguas le dicen aquí empiezo yo y terminan los demás porque es ahí donde empieza Su Lenguaje, ese que nomás es suyo y de nadie más. Ese que ahora va escribir.

Me gustaría agradecer especialmente a mi hermano Diego, a mi cuñada Simmone y a mis sobrinos Kai y Uma. A mi familia. Gracias a Gabriela Jáuregui, Elena Fortes, Luis Felipe Fabre, Mauro Libertella, Juan Cárdenas, Guillermo Núñez Jáuregui, Verónica Gerber, Amalia Pica. A Juan Andrés Gaitán, Gabriel Kahan, Vera Félix, Federico Schott, Tania Pérez Córdova, Francesco Pedraglio, Eduardo Thomas, Nina Hoechtl, Julieta Venegas, Tania Lili, Valeria Luiselli, Lydia Cacho, Vivian Abenshunshan, Elvira Liceaga, Laura Gandolfi, Mariana Barrera, José Terán, Samanta Schweblin, Julia Reyes Retana, Amalia Andrade, a mis queridas Redtenters, a Lourdes Valdés (estoy y estaré siempre agradecida contigo). Gracias a Pedro de Tavira. A Claudio López Lamadrid Q.E.P.D. y a mi abuela Gloria Q.E.P.D. A Pilar Reyes, Mayra González, Fernanda Álvarez y Paz Balmaceda en Alfaguara; a Carina Pons y a Jorge Manzanilla en la agencia Balcells: qué enorme suerte la mía trabajar con ustedes.

Escribí este libro gracias a la beca del SNC.

Brujas de Brenda Lozano
se terminó de imprimir en el mes de abril de 2023
en los talleres de Diversidad Gráfica S.A. de C.V.
Privada de Av. 11 #1 Col. El Vergel, Iztapalapa,
C.P. 09880, Ciudad de México.